全民阅读书香文丛

U0754145

书蠹精语

顾 犇 ◎ 著

上海科学技术文献出版社

图书在版编目（CIP）数据

书蠹精语 / 顾犇著 . —上海: 上海科学技术文献出版社，
2018

（全民阅读书香文丛）

ISBN 978-7-5439-7668-9

Ⅰ. ① 书… Ⅱ.①顾… Ⅲ.①随笔—作品集—中国—
当代 Ⅳ . ① I267.1

中国版本图书馆 CIP 数据核字 (2018) 第 152027 号

责任编辑：王倍倍
封面设计：许 菲

书 蠹 精 语
SHU DU JING YU
顾 犇 著
出版发行 上海科学技术文献出版社
地　　址 上海市长乐路 746 号
邮政编码 200040
经　　销 全国新华书店
印　　刷 昆山市亭林彩印厂有限公司
开　　本 787×1092　1/32
印　　张 9
字　　数 158 000
版　　次 2018 年 8 月第 1 版　2018 年 8 月第 1 次印刷
书　　号 ISBN 978-7-5439-7668-9
定　　价 30.00 元
http://www.sstlp.com

序：惟有痴心总不改

◎ z

春节刚过，我便收到了顾犇先生发来的《书蠹精语》电子文稿。由于近来一直忙于两位德高望重的学者、艺术家的口述史采访提纲，很少得闲翻阅他的新作。说起来，真有点对不住这位交往三十年的老友了。

2013年，国家图书馆出版社出版了顾犇兄的《书山蠹语》；2016年，海豚出版社出版了他的《书人乐缘》；这本将由上海科学技术文献出版社出版的《书蠹精语》，则延续了他以往的写作风格，讲书或书人（bookman）故事、书与音乐。

在我的印象中，自古以来，中国文人中，嗜书如命者世代不绝。对于那些嗜书如命的人，还有一个专门的称呼——书虫，即将书和粮食等而视之、沉溺其中之人。据说，这个"书虫"还颇有来历，又称为"蠹鱼"。唐代段成式《酉阳杂俎·续集·支诺皋中》中有这样的记载：

"蠹鱼三食'神仙'字，则化为此物，名曰脉望。"就是说，"书虫"，即"蠹鱼"，只要吃够三次书中的"神仙"字样，就能化仙为"脉望"。鲁迅先生在《祭书神文》中，有"絷脉望兮驾蠹鱼"一句，并感叹"不妨导脉望而登仙兮，引蠹鱼之来游"。在鲁迅的文章中，"蠹鱼"虽是"书神"的座驾，终究亦是与"书神"为伴，可以说"不枉此生"了。

似乎还有一种说法，说是蠹鱼又称为银鱼，因为蠹鱼通体银白。也有人不同意，认为两者有所不同，蠹鱼吃书是竖着吃，银鱼则是横着吃。究竟如何，在下不才，无力考证了。

但是，不管怎么说，书虫也罢，蠹鱼也罢，银鱼也罢，总与书有关，且都有一个基本特征，那便是痴。不痴，则不成其为书虫、蠹鱼矣！

顾兄在国家图书馆辛苦工作三十年，坐拥数千万册国图馆藏，自然不必成为"书神"的座驾，却可在浩如烟海的知识海洋里尽情畅游，滋养成长，早已不再是身躯渺小、力不胜举的"书虫""蠹鱼"，抑或"书蠹"了。前几天，他作为新一届全国政协委员，参加了第十三届全国政协会议，见证了迈向中国特色社会主义新时代这一伟大的历史时刻！

再说，"书虫"也有不同种类。有的人成为"书虫"，是为了阅读。像苏东坡年轻时就曾书写一联："识遍天下字；读尽人间书。"可见其涉猎之广。此联经一老翁指点，后来改成"发奋识遍天下字，立志读尽人间书"，有点励志的味道了。不过，以东坡之才，毕竟可以笑傲文坛了。南宋诗人陆游在《幽居遣怀》一诗中，有"呼僮不应自升火，待饭未来还读书"之句，写尽了他饭前见缝插针读书的书痴情态。这样的人，在读书人中可谓比比皆是。

有一类"书虫"，不仅读书甚勤，而且对书十分爱惜，比起一般"书虫"来可能更胜一筹。像北宋文学家、史学家司马光，家中藏书甚丰，而这些书却簇新如故。何以故？原来，司马光每次看书前，都要将案桌擦拭干净，把书放得端端正正，然后才坐下看书。为了便于在房中走动时捧着书看，他还专门做了一个木质方板，把书放在这个方板上，用手捧着方板看，免得手上汗渍沾到书上。直到今天，国家图书馆仍珍藏着司马光当年编纂《资治通鉴》时的半页手稿，不知它能够留存下来，是否与他的珍惜图书的习惯有关？

还有一类"书虫"，就是藏书家了。当然，他们也读书，有的还是大学问家。不过，他们为了得到书籍而所发生的故事却更为人津津乐道。元末明初文人杨士奇，家中贫寒，却嗜书成癖。一天，他为了买《史略》一书，竟然卖掉了家中正下蛋的母鸡，凑足一百文钱，买了回来，从而留下"卖鸡市书"之佳话。明代文人、藏书家王世贞，有一天遇到一个书商在卖一部版本精美、装帧考究的宋版《两汉书》，爱不释手，被书商狠狠宰了一刀，不得不用自己的一座宅子换得此书。清代藏书家黄丕烈酷爱宋版书，有"佞宋"之嗜好。一次，他得到宋写本《周易集调》之首册，其余九册为友人陈鱣所得。他为此急得生了一场大病，即便病危也不肯把首册转让给陈鱣，幸亏陈鱣得知此事，将该书其余九册全部转让给他，才得以痊愈。

顾兄有没有成为王世贞、黄丕烈那样的藏书家的打算，只有问他自己了。然而，在多年的交往中，他一直爱读书、珍惜书，却是名副其实、一如既往。不仅如此，他还写书、译书、校书；更难能可贵的是，他还为国家图书馆购买了大量有价值的外文图书，嘉惠于学林，为推动我国教育、科研与文化事业做出了一个图书馆人的重要贡献。

宋代理学家张载有句名言："为天地立心，为生民立命，为往圣继绝学，为万世开太平。"这是对学者使命的高度概括。但是，这不是一般学者能够达到的，我们只能"虽不能至，然心向往之"（《史记·孔子世家》）。在中国传统文化中，我们还可以遵循"穷则独善其身，达则兼济天下"（《孟子·尽心上》）的古训。世事莫测，风云变幻。作为一介书生，有顺境，难免也会有逆境，所谓春梦无痕、东海扬尘、祸福相倚，我们自然难以超然独处。然而在顾兄身上，我看到的却是始终如一的书生本色、永不变色的纯朴善良。作为一个读书人，一个"书虫"，他对于书的热爱，已经在这本书（当然也包括《书山蠹语》《书人乐缘》等）中得到充分体现，而作为读书人应有的品格，正直、善良、纯真，这正是我要特别提出的。

当然，文如其人。我相信，读者在书中读到的，一定也不只是其中具象的人物故事，而能从字里行间感受到作者的高尚品格和思想情操。

唐代诗人白居易在《三月三日忆微之》一诗中写道："良时光景长虚掷，壮岁风情已暗销。忽忆同为校书日，每年同醉是今朝。"微之，就是元稹，他与白居易在唐代诗人中均成就卓著，号称"元白"。白居易与元稹友谊深厚。在白居易杭州刺史任满即将离开时，元稹要求他将全部作品交出，后者据此编成《白氏长庆集》五十卷。在下与顾兄自然不敢与元白相比，然难得顾兄三次托我为他的新书写点文字，亦恭敬不如从命也。

《庄子·养生主》中写道："吾生也有涯，而知也无涯。以有涯随无涯，殆已！已而为知者，殆而已矣！为善无近名，为恶无近刑，缘督以为经，可以保身，可以全生，可以养亲，可以尽年。"作为一个人读书人，知识没有穷尽，而人生却有定数。做一个逍遥自在的读书人吗？固然"可以保身，可以全生，可以养亲，可以尽年"，这也是一种人生的选择。然而，顾兄似乎视野更远，在他的心目中，依然有太多的事情要做，而且不是为了一己之利。正如他在《我这30年，一个图书馆员的心路历程》一文中所写：

"我目前和今后要做的事情，不是自己继续取得更大的成绩，而是要培养更多的青年骨干。长江后浪推前浪，但愿我这一朵小浪花融入大浪，在历史长河中奔涌浩荡……"

"君子终日乾乾，夕惕若厉。"这是顾兄性格，是读书人不变的痴心，也是当代文人应有的品格。

2018年3月20日

目 录

序：惟有痴心总不改（全根先）   *1*

阅 读

书 界

第十一届文津图书奖获奖书随感   *1*

书人的"狡兔三窟"和"水灾体验"   *9*

《型人导论》读书心得   *12*

值夜班读顾立平和俞晓群的书   *15*

《图书馆论坛》中的技术史和书评   *18*

殊途同归：读"俞选"三卷   *20*

两本《书缘琐记》对照阅读   *21*

读杨玉麟教授的新书《文化信息资源共享工程》   *24*

读书人的文艺书   *28*

是谁传下这行业？黄昏里挂起一盏灯   *31*

邹进：解读人天档案   *33*

书目签名的乐趣   *36*

富贵浮云，俯仰流年二十春：读詹福瑞《俯仰流年》   *38*

杖乡之年的感悟   *42*

好人家子弟在亭子间里做大事：

    读沈昌文《阁楼人语》   44

纸上宝石，书人雅趣：读黄显功《纸色斑斓》   48

百年纸年轮，黄昏一盏灯   52

世界就像一本书：读顾晓光新作

    《旅行之阅 阅读之美》   54

又一个十年   57

百年图书馆文献的里程碑   60

2017 年读书总结   64

其 他

读书的猪   66

最好的时光，时代的记录，癌症患者的心路历程   68

有趣的《地书》   73

沉重的历史：读《凤凰吟：中央乐团 1956—1996》   75

《傅杰文录》《〈随想录〉版本摭谈》《书在别处》

    新书发布会   77

安建达荒诞小说《37 传》序   80

绍兴农民丁松盛的新作《乡野耕心》   84

顶尖数学天才的日记体自传   88

海外华人学者谈西方古典音乐和中国古典诗词   91

改变数学的计算   95

《随想录》版本摭谈   98

呼唤音乐图书馆学 100

用数学的语言看世界 103

签名本和陈子善的《签名本丛考》 106

用轻松的语言和对比的手法解答了艺术史上的难题 109

笑话中的数学：读《数学也荒唐》 111

遇见即缘分：读《遇见，是最好的礼物》 113

气象大叔的新作：读宋英杰《二十四节气志》 115

之禾空间沙龙：读书的乐趣 118

书　香

北　京

三联书店海淀分店：青春和阅读 125

万圣书园见闻 127

周末逛书店 128

大年初一图书馆拜年忙 130

寻访音乐学院书店 132

杭　州

杭州晓风书屋总店 134

杭州图书馆 135

杭州万象城里的两个书店：库布里克和 PageOne 136

读书就是回家：访麦家理想谷 137

上 海

上海现代书店   142

上海浦东的西西弗书店   143

最美的书店   144

  ——建投书局

校园里的鹿鸣书店   146

新华一城书集   147

一家书店温暖一座城市   148

季风书园二三事   149

好久不读   151

衡山·和集：文艺青年的好去处   153

新华书店静安店   154

  ——需要承载的功能太多

言几又，书言志   156

静安寺钟书阁   157

上海大众书局   158

ICICLE SPACE 之禾空间店：

  上海最美的书店之一   160

绍 兴

绍兴图书馆：有屏幕的地方就有图书馆   161

铜 陵

铜陵市图书馆   163

铜陵市新华书店   *165*

铜都书屋   *167*

铜陵三联书店   *168*

铜陵职业技术学院图书馆   *169*

武　汉

武汉市外文书店   *171*

郑　州

西亚斯学院图书馆   *173*

郑州嵩山书局   *175*

松社   *177*

　　——也许是郑州最好的书店

河南省图书馆   *179*

郑州城市之光书店   *181*

　　——寻找梦想知识分子的地方

郑州图书馆新馆   *183*

郑州的我在书店   *185*

郑州购书中心   *187*

零点书吧   *188*

秦皇岛

孤独的图书馆   *190*

　　——三联书店海边公益图书馆

英　国

牛津的布莱克韦尔书店　　　　　　　193

电话亭图书馆　　　　　　　　　　195

所　思

书　界

新媒体的是与非　　　　　　　　　197

下水道是城市的良心　　　　　　　200

国外出版社频繁并购　　　　　　　202

BIBF 走马观花　　　　　　　　　204

德国大使馆招待会　　　　　　　　206

博睿学术出版社的笔记本　　　　　208

纪念王菡老师　　　　　　　　　　212

视听服务中心筹建中　　　　　　　214

北京书展一日　　　　　　　　　　217

字母纠错问题　　　　　　　　　　220

职称答辩和业务学习：兼谈梁思庄和穆麟德藏书　222

技术史随感之随感　　　　　　　　225

转型时期的图书馆员的各种生存方式　229

中国图书馆采编工作人员都是超人　231

行万里路的基础是读万卷书　　　　233

我这 30 年　　　　　　　　　　　237
　　——一个图书馆员的心路历程：发表后的感想

图书馆管理、业务、科研之间关系琐谈　　　　　**240**

从怀旧自恋照联想到图书馆的名称　　　　　**248**

其　他

英文翻译琐谈　　　　　**249**

书蠹精与海上奇侠〔转载〕　　　　　**252**

悼念张少博士　　　　　**255**

一毛的印章　　　　　**257**

自恋不犯法　　　　　**259**

音乐会礼仪、创新和自掘坟墓　　　　　**261**

梦境里的求学之路　　　　　**263**

信息时代的得与失　　　　　**266**

书迷的困惑　　　　　**269**

阅 读

书 界

第十一届文津图书奖获奖书随感

　　有机会每年读文津图书奖获奖图书，也是一件幸事。这次抓紧浏览了所有图书，总体感觉这次书都中规中矩，科普和少儿类的书装帧设计都很特别，甚至有"炫"的感觉了！

老子绎读

　　作者：任继愈

　　出版社：国家图书馆出版社

　　出版时间：2015-4

　　据国家图书馆常务副馆长陈力先生所说，任继愈先生曾经是国家图书馆的馆长，也是"文津图书奖"的发起人、组委会主任。按照"文津图书奖"的评选规则，评委或者组织者的作品是不能参评的。但是此次，"文津图书奖"评委会全体委员一致同意，将"文津图书奖"这份殊荣献给任继愈先生，既有对任继愈先生《老子绎读》一书发自内心的推崇，也是以此向这位老人表达敬意。

我读过任先生的书，但是没有精读。大师的著作，不敢妄加评论。收藏在书架上，随时阅读参考。与任先生共事，接触不多，也有了解。同事们都很感慨，大师已去，遗产永存。

"523"任务与青蒿素研发访谈录

作者：屠呦呦，罗泽渊，李国桥，张剑方，吴滋霖，施凛荣等口述 / 黎润红访问整理

出版社：湖南教育出版社

出版时间：2015-11

本书在屠呦呦获得诺贝尔奖之后马上出版，很不容易，之前一定有长期的积累，可以看出策划者的眼光。40多万字的内容，由一个30出头的80后完成文字整理工作，值得佩服！科学口述史刚起步，希望能有更多的成果。本书获得第十一届文津图书奖，也在情理之中。

逝年如水

作者：周有光

出版社：浙江大学出版社

出版时间：2015-6

最近口述史的书出版了不少，这次文津图书奖的获奖作品也有多种是口述史，值得关注。百岁老人20年前的口述录音，能保存到现在很不容易，而且还有人整理出来，形成如此大一部书，更是不容易！个人的历史，也折射出国家历史的一些方面。浙江大学出版社多次获奖，看来不是偶然的。

失书记·得书记

作者：韦力

出版社：广西师范大学出版社

出版时间：2015-9

这是书虫的笔记，是爱书人对各种中国古籍的心得。可惜本人对这个领域不很熟悉，只是浏览了一下。从事中国古籍收藏、鉴定、买卖的同事们应该读一下这本书。书名起得好，两本基本上属于同一性质的内容。广西师范大学出版社出版，《理想国》系列，大概是最后几本了。

征程：从鱼到人的生命之旅

作者：[加拿大]舒柯文、王原、[澳大利亚]楚步澜

出版社：科学普及出版社

出版时间：2015-6

文津图书奖获奖图书。装帧考究，还是英汉对照的，中间的折页连接难得一见。价格也很不便宜啊！中文部分是竖排的格式，大概主要面向台湾市场，还有不少彩色插图。确实是字太小，看不清楚啊！两岸三个出版社联合制作的丛书，很不错的思路啊！进化论的科普读物，老话题，新形式，值得推荐。

草木缘情

作者：潘富俊

出版社：商务印书馆

出版时间：2015-3

怪不得有人说这届文津图书奖中科普类占半壁江山，大概也把本书算上了。其实，本书是跨界的成果，由热爱古典文学的植物学家完成。虽然跨界现在很时髦，喜欢专业之外领域的人不在少数，但是真正当真格动笔写如此高水平著作的，也是凤毛麟角。这本书看上去比较学术，其实对于学生来说非常有用，帮助他们理解古典文学中枯燥的文字，也普及植物学知识。特别是大量的彩色插图，起到了画龙点睛的效果。商务印书馆

出版，当然品质也值得信赖。

癌症·真相：医生也在读

作者：菠萝

出版社：清华大学出版社

出版时间：2015-10

我父母都经历了癌症的折磨，那记忆在我心中留下了阴影，刻骨铭心。癌症，大概和大多数人都有关。毋庸讳言，人的一生中，或者自己会患癌症，或者亲属经历癌症的痛苦，癌症这两个字大概是无法回避的。人的本能都是想长命，想生存下去，但人们都想知道真相，不愿意受到欺骗，这是可能的吗？请大家读一下这本书，也许会对癌症有理性的认识。

星际穿越

作者：基普·索恩（Kip Thorne）

出版社：浙江人民出版社

出版时间：2015-6

文津图书奖获奖图书。粗粗翻阅了一下，感觉很炫，与影视结合，还有各种二维码的辅助阅读，整部书是一个系统工程啊！谈论的都是我熟悉的内容，过去学理工科，读过不少天文学的书。书里面的虫洞倒是第一次读到，有新意；穿越的事情虽然很令人向往，但也毕竟只是猜想而已。可是这本书的制作方式却很不一样，大量的彩色插图，让读者更容易理解深奥的科学道理。不过这样做成本肯定不低的。畅销书，收回成本也是没有问题的啊。

爸爸的画

作者：丰子恺、丰陈宝、丰一吟

出版社：华东师范大学出版社

出版时间：2015-6

丰子恺的漫画看过不少，但是没有系统的了解。这本书能用儿女的语言，把父亲漫画里的故事都写出来，让人回忆起过去的时光，无限美好。名人子女，能做到这样的，也算是独具匠心了。文字朴实、感人、温馨，是对先人的纪念，也帮助我们读者诠释大师的漫画。

这就是二十四节气

作者：高春香、邵敏 著 / 许明振、李婧 绘

出版社：海豚出版社

出版时间：2015-9

同事们参与文津图书奖的评审工作，得知海豚出版社的这本书获奖，大家都很高兴，因为我和海豚社的朋友们经常联系，知道他们为这本书花费了大量的心血。

这本书创意新颖，修改多次，有很好的机会得以推广出去，获奖也就在情理之中。能得到朱永新教授的推荐，更说明大家的认可程度。

（2016 年 5 月 22 日）

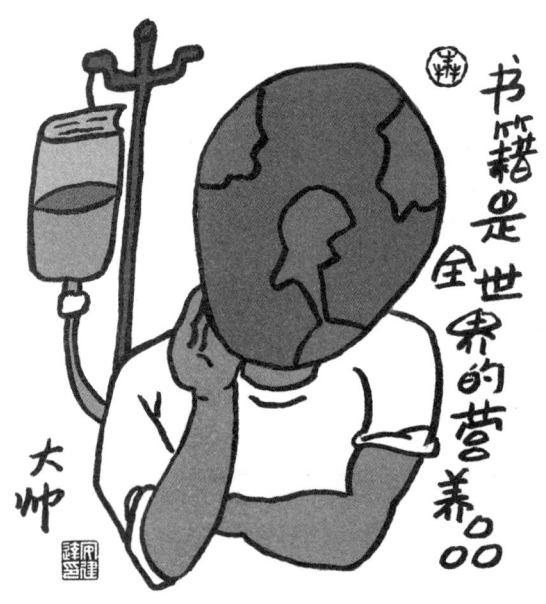

书籍是全世界的营养品

安建达 / 绘

书人的"狡兔三窟"和"水灾体验"

节日期间读书，一本是小说家送的荒诞作品，读了觉得很有意思，感觉历史并没有必然性，而是由无数个偶然事件组成的。

还有就是俞晓群先生的《这一代的书香》。虽然我有俞晓群先生的不少图书，可是这本书还是第一次获得。其实是浙江大学出版社2010年出版的文集，收录了他在调任海豚出版社之前的文章。上个月再版，布面精装。

俞晓群先生在后记里写道："一个学数学的人，能写成这样已经很不容易；再一是说，做编辑的人，这样讲述书与人的故事，是一件很有意义事情。"这大概是他坚持写作的意义所在。我过去也学习数学，有和他类似的体验。

他还提到了父亲给他的启示："几经思索，我想起早年父亲经常的教诲，他说，人生在世，要'狡兔三窟'，这样当你遇到变故时，才能立于不败之地。多年来，我挖掘的'三窟'是出版、学术和写作。现在，出版出了问题，我只好遁入另外两个洞穴。为此，我围绕着'学术与写作'列出三条主线，第一条是中国古代哲学专题，即我喜爱的数术类研究；第二条是对我过去20年出版工作的整理、回忆与反思；第三条是接续我专栏创作的文字生涯。"

作为出版人，他同时做研究，写文章，而且是每天写日记，这非常难能可贵。"狡兔三窟"的想法，也使得他能不论在人生中的得志期还是在低谷期都能有所作为，值得我们学习。

在"一位智者，让我们陷入失语"一文中，俞先生谈到"'书人'一词也是有来头的，它是陈原先生对英语bookman的硬译。陈先生说，在莎士比亚时代，这个词指的是学者或学人，经过几百年沧桑，词义逐渐扩大，连出书的，编书的，卖书的，总之与书沾边的人，都包括在内了，只是不包括焚书的人。"这段话读了很有意思，碰巧我也自称"书人"，俞先生在"我读故我在——约稿"（深圳商报2016年5月6日）上也有所提及。我之所以称自己为"书人"，也因为自己做的事情中不少与图书有关，是热衷于编书、译书、写书、买书、读书、评书的图书馆员。

书中有一篇文章"书啊，你这水火不容的宠儿"谈到自己藏书被水淹的事情，可以看出俞先生对生活的乐观态度，在伤痛的同时也有另类的思考，总结出各种图书对水的承受力，这样的数字很难得，如果让图书保护专业人士来做实验，肯定不会有这样的收获："噢！《吕叔湘全集》是用油纸包装的，水没渗入；《历代笔记小说》是漆布精装，快一些从水中捞起来，也可以幸免于难；平装书最不禁水泡，带包封的也不好；可叹是那一套仿线装的《四库全书珍本初集》，外包装的草纸盒子一下子就泡烂了，里面还塞满了纸屑，吸水性最好，书却烂得一塌糊涂！相对而言，地处南方的印刷厂包装图书比较注意防水防潮，大概是南方多雨的天气使然；而北方的印刷厂包装就要差一些……"

俞先生的书，就是出版人的口述史，弥足珍贵。现在出版人或忙于应酬，或疏于写作，或惟恐惹事，所以此类文字并不多见。他的系列文集，流传下去，是一个时代的记录。各种偶然事件的集合，就成为必然事件了。

（2016年6月11日）

《型人导论》读书心得

　　有幸得到顾立平的《型人导论：网络用户信息行为与差异化服务策略》，得以正式学习"型人"这个时髦的术语。

　　话说回来，是多年前的事情了。2009 年，我组织同事们翻译国际图联编目专业的规范控制领域重要文件《规范数据的功能需求：概念模型》(Functional Requirements for Authority Data：A Conceptual Model)，里面就出现了 Persona 这个术语，没有定义，却用来表示个人的用不同名称下的不同身份。我觉得不好翻译，我同事们权且翻译成"人格"。我在微博里提出了问题，大家就推荐我参考顾立平先生的文章。那时候顾先生好像还在香港，没有接触，总觉得这个翻译很怪，因为"型人"容易使人联想到另一个词"型男"——指新一代魅力的男生，对个人的生活品位和当今潮流品牌认知的追求不亚于女生。

　　图书馆编目工作研究越来越抽象，英语单词不够用，就开始使用拉丁语词汇。除了 Persona 以外，还有

Thema 和 Nomen，听上去很玄乎，就好比数学里拉丁字母不够用，使用 α、β、γ 等希腊字母，甚至还用 Aleph 等希伯来字母一样。

读了《型人导论》一书以后，我才知道这个"型人"和规范控制的 Persona 不是一个意思。

本书中有几个段落介绍了"型人"的概念：

"型人是一种用户分类方式，与传统用户分类的不同点在于它首先考量用户的整体网络行为，分类后再考量个别型人具有的特殊行为、需求与系统要求，而不是直接从系统的服务功能上进行用户分类。"

"计算机领域将 Personas 视为用户建模的范畴，透过对小样本的访谈，建立对广泛使用者的类型，据此再进一步设计用户识别模式以及驱动服务模式与程序。型人研究旨在为商业对策、传播行销、网站建设、嵌入式驱动程序开发等通过量化研究与质化研究的实践，提出各方面的综合建议。"

"Cooper A 定义 Personas 为'型人不是真正的人，但他们代表着整个设计过程。他们是实际用户的假设原型'。"

本书用型人的概念，以挖掘用户需求为核心，进行网络服务设计、市场行销服务以及技术应用开发的前沿课题、统合业务和组织核心工作，为用户行为研究提供了一种新的方法。

顾博士勤于笔耕，作品不断。近期如果有时间，将继续阅读他的其他著作。

书名：型人导论：网络用户信息行为与差异化服务策略

作者：顾立平

出版社：科学技术文献出版社

出版时间：2013-6

（2016 年 6 月 22 日）

值夜班读顾立平和俞晓群的书

晚上值班，是静养、修炼、读书的好时光。

今天完成了三本书：顾立平博士的《前瞻导论：形塑未来与推动政策》和《数字图书馆发展：个性化、开放化和社群化》，以及俞晓群先生的《一个人的出版史2：1997—2002》。

中国台湾的顾立平博士是高产的后起之秀，活跃于两岸三地，其座右铭是：好做事（态度）、做好事（方向）、做事好（目标）。名师出高徒，而立之年，已经有五部专著，不可等闲视之。

《前瞻导论》系统整理了国内外相关理论和实践研究，可供决策支持、企业战略管理、科技信息政策等领域的研究人员参考。

《数字图书馆发展》这是作者对用户行为研究这个他所擅长的领域进行系统的梳理，而不是和其他同类著作那样面面俱到。这是他教学成果的总结，也是博士后研究的成果。在这个领域内，作者于同年（2013）还出版了《型人导论》，我上个月已经与大家分享了心得。

俞晓群的《一个人的出版史2》是他的工作日记。本以为这次就出完了，没有想到只写到2002年，连他在辽宁期间的事情还没有讲完，大概还得有一两本续集呢！俞晓群是业务型管理人才，本来就是"双肩挑"，能坚持做业务，还写文章，就已经很不错了。要坚持写日记，这不仅需要毅力，也需要勇气。正如沈昌文先生所说的那样，写日记是有危险的事情。俞晓群的父亲有类似的经历，也不希望儿子写日记。俞晓群就是坚持了下来，甚至把日记整理出来出版，这更需要花费大量的时间。各种补注和相关文章，还有图片，使得日记更为丰满。洋洋洒洒27万字，不仅记录了一个出版家的成功之路，也记录了那段时间内中国出版业的一个侧面。出版家对于自己的书，自然更是精益求精。书按年代排列，目录页上在每一年下概括了作者的心情，每一年的开始页就点出了该年的主要事件、主要图书、主要文章、主要人物。每一个奇数页边都有年代编号，时刻提醒读者事件发生的具体年份。

编辑的工作和图书馆工作类似，都是为人做嫁衣的。俞晓群大学数学专业，改学哲学，又做出版，与我经历相似。俞晓群在为人做嫁衣的同时，更好地成就了自己，他是我的榜样。

2002年是他离开辽宁教育出版社的日子。如果这个日记要继续写下去，我认为应该还有两集，分别是在辽宁出版集团和在海豚出版社的日记。期待中。

书　名：前瞻导论：形塑未来与推动政策
作　者：顾立平
出版社：设计家文化事业有限公司
出版时间：2013-7

书　名：数字图书馆发展：个性化、开放化和社群化
作　者：顾立平
出版社：科学技术文献出版社
出版时间：2013-5

书　名：一个人的出版史 2（1997—2002）
作　者：俞晓群
出版社：上海三联书店
出版时间：2016-6

（2016 年 7 月 12 日）

《图书馆论坛》中的技术史和书评

今天得空翻开《图书馆论坛》2016年第9期，有两个栏目引起我的注意。

陈定权教授主持《图书馆技术史》栏目已经开设了多期，这在业界是独创的。懂技术的人不关心历史，懂历史的人不关心技术，于是就出现了空白。

其实我个人也对技术史有兴趣，写过几篇博客文章。我也写过几篇论文，和技术进步有关，大家如果有兴趣可以看看。

技术发展的步伐难以想象，如果不注意积累，有关资料就消失，所以说写技术史的文章有一定的难度。此外，技术史的文章大概也很少有人能读懂。在某一技术还在使用的时候，大家也不一定关心技术细节，等它被淘汰了，更少有人注意它了。例如DOS操作系统，现在有多少人懂或者理解呢？大多数青年人都没有见过软磁盘吧？

中山大学肖鹏博士主持的《燔火书评》，已经是第三个年头了。这个书评栏目不满足于千把字的短书评，而努力收入有学术价值的长书评，这在业内也是独树一帜。我过去读过《纽约时报书评》和《泰晤士报文学评论副刊》，都有高手写的长书评，可惜此类书评在国内不多见。如果让我毫无顾忌、实事求是地评论同行的著作，恐怕我要做好不在圈内混的准备，而且目前新书中不少是为了职称而写作，也不适合写长书评。

很高兴看到《图书馆论坛》能有自己的创新，也希望这本杂志能越来越有特色。

（2016年9月28日）

殊途同归：读"俞选"三卷

最近利用各种零碎时间，终于读完了"俞选"三卷。前一阵我写了第二卷的书评，在《中国出版传媒商报》上发表["为人做嫁衣的成就感"，2016 年 7 月 29 日（第 2255 期），第 10 版]。最近该书获奖了。

第一卷和第三卷刚读完。第一卷里提到的数学和哲学界的人和事都很熟悉，第三卷里的出版界的人和事也很熟悉！

俞晓群和我一样，都学数学，改而喜欢哲学，最后做图书工作（出版和图书馆），走的一条道路，和我殊途同归，堪称知音，不过他站在更高的层面上，值得我等学习。

书名：一个人的出版史 3（2003—2015）
作者：俞晓群
出版社：上海三联书店
出版时间：2016-9

（2016 年 11 月 27 日）

两本《书缘琐记》对照阅读

周末，两本《书缘琐记》对照着读。去年7月获得海豚出版社版的签名本，因为喜欢的就写了一些感想，在月底就在《南方都市报》上发了书评。时过一年半，又获得了新北市远景出版社出版的繁体字版本。

两本书的封面相似，都是威廉·莫里斯的风格。海豚版装帧显得更大气，布面精装，印刷书脊，粘贴题名，是特殊的工艺。远景版则是平装，带护封和书腰，章节首页也用护封的设计图案彩色印刷，内容印刷更精致，都是彩色书影和地图，看上去更为生动。特别是牯岭街旧书店地图，彩色印刷后感觉特别亲切。远景版还加了不少貌似有问题实际上纯粹读书的内容，有文献价值，与政治无关，例如孙立人和蒋经国的同学录、李登辉的菜单。此外就是一些关于性和爱的文章，例如"性史""千年绮梦""试说'那话儿'"……这些东西在海豚版里是不可能出现的。

海豚版的目录，删除了不少书名号，显得整齐，估计不是作者的原意。

跋"书话是一种收藏的趣味"也是后加的，多次提到哲学家班雅明（Walter Benjamin）的名字，并重申作者提到过的观点"中国人是目录学专家，日本人是保存天才"。班雅明说："一个收藏家记忆中最精彩的时刻，是拯救一部他从未曾想过、更没用憧憬的目光流连过的书，因为瞥见此书孤伶伶地遗弃在书市，就买下，赋予它自由。"

美中不足的是，也有一些瑕疵，例如"缺乏爱的时代"第241页"圣派翠克教堂"的英文名称里有乱码&rsquo，应该是字符集不兼容的后果。

书中附了五张《书缘琐记》特制藏书票，有猫有狗有格言，当然符合吴兴文所说的藏书票所必须的要素，我最喜欢的格言是"书是我们的朋友，狗是人类的忠仆"、"我读故我在，徜徉在苍穹"。而"我读故我在"套用了笛卡尔的名言"我思故我在"，也被用于俞晓群的专栏。

我还记得吴兴文先生2015年7月赠书上的题字"我绝不想跟一个著作等身而却涉猎有限的人去交谈——约翰生"。我虽然著作也差不多等身，自我感觉不是"涉猎有限"的人，所以还好意思经常请教吴先生。读书人其实不用名片，谈几次话就知道对方底细，无法做假，不可能伪造。

书名：书缘琐记

作者：吴兴文

出版社：海豚出版社

出版时间：2015-5

书名：書緣瑣記

作者：吳興文

出版社：遠景出版事業有限公司

出版时间：2016-8

（2016 年 12 月 3 日）

读杨玉麟教授的新书
《文化信息资源共享工程》

　　荣幸收到西北大学杨玉麟教授的新书《文化信息资源共享工程：中西部地区实施效果及问题研究》，西安交通大学出版社 2016 年 10 月出版。

　　杨教授和我不打不相识。记得大约是在十年前，他在博客里因为某个领导的事情批评我，后来到图书馆来开会，早餐时候主动与我打招呼，这样我们就成了好朋友。我出的不少书都送他指正，他也经常联系我探讨业务问题。

　　这部书做了很多年，是他呕心沥血之作，从他的前言就可以看出："最后需要郑重说明的是，由于课题组负责人杨玉麟的身体状况（日益加重的冠心病、糖尿病和类风湿病），严重地影响了项目的实施与进展，严重拖延了项目的完成与结题。尽管杨玉麟本人坚持带领课题组成员努力完成任务，经常怀揣药品、手拄拐杖，艰难地行走在各地农村田野、实地考察着基层文化信息资源共享工程的进展状况，但毕竟力不从心，耽误了项目的进度。具体表现为，项目最终成果中所引用的数据和案例，大都停留在 2013 年年底以前。在此，杨玉麟对所有课题组成员致以诚挚的歉意，同时对国家社科基金项目管理部门表示歉意。"

虽然这几年和他见面不多，但每次开会的时候，看到他艰难行走的姿态，可以感受到他深受病痛的折磨。在这种情况下，还能去各地调研，坚持完成课题，很是难能可贵。

《文化信息资源共享工程：中西部地区实施效果及问题研究》从系统论、资源共享理论、社会学、管理学等领域为文化信息资源共享工程构建坚实的理论基础。课题对文化信息资源共享工程与国内其他共享系统、中西部与东部文化信息资源共享工程、中西部内的文化信息资源共享工程、文化信息资源共享工程与国外相似共享项目进行比较研究，以准确把握我国特别是中西部文化信息资源共享工程的建设目标、原则、特点等。搜集中西部文化信息资源共享工程发展中一些成熟的建设模式和经验并将其上升到理论高度。最后，对中西部文化信息资源共享工程实施效果评估的相关理论进行研究。

书名：文化信息资源共享工程

作者：杨玉麟

出版社：西安交通大学出版社

出版时间：2016-10

（2016 年 12 月 17 日）

博尔赫斯说：我一直没想天堂是图书馆模样

大帅

天堂是图书馆模样

安建达 / 绘

27

读书人的文艺书

期待了几个月，今天终于拿到了新书《书人乐缘》。书如其名，主要是讲书的事情，涉及我这个热衷于编书、译书、写书、买书、读书、评书的图书馆员的各种经历，最后一部分也说明我是音乐爱好者，近期的所见所闻所想，还有把同学们回忆的过去的事情串联起来形成一个相对完整的故事。

前几天读到俞晓群《这一代的书香》中"一位智者，让我们陷入失语的窘境"，提到陈原先生对"书人"（Bookman）的解释。我之所以自称为"书人"，因为我不仅是读书人，还是作者、译者、编者，也参与过不少图书的策划，而且书中的文章大多数与图书馆和出版有关，用"书人"来表达，大概再贴切也不过了。

这本书是我很喜欢的"文艺书"，因为其装帧很文艺，排版很文艺，插图很文艺，内容也比较文艺。我很享受从约稿、整理、签约、封面设计、插图制作、一直到出版整个流程的参与。

之前一直写枯燥的学术论文和理论著作，翻译的作品也是学术书籍。三年前出版了博客书，也算一次尝试。这回第一次尝试全方位的文艺形式，非常期待能获得成功。

很高兴能与海豚社的朋友们合作，之前都认识，有共同语言，缘分成就了合作。

感谢青岛画家韩盈老师，他为我的两本书都创作了插图，已经成为品牌。感谢台湾出版人吴兴文先生，他为我精心挑选了新书封面，还是英国设计师威廉·莫里斯的图案，是我读过最喜欢的封面设计风格。当然还要感谢海豚出版社社长俞晓群先生，他在《深圳商报》2016 年 5 月 6 日的"我读故我在"系列之"约稿"中，也提到了我的书。认识多年，我对他一直很景仰，没有想到会向我约稿。当然，还需要感谢海豚出版社的朱立利先生和吴蓓女士，他们为我新书的出版耗费了心血。

希望大家能喜欢我的这本"文艺"小书，也希望这种"文艺"的书能为枯燥图书馆图书馆工作带来一丝活力。在全世界的文学作品中，图书馆员都是刻板的人。我也想说明，图书馆员不应该是一个模子刻出来的同一种类型的人，他们的生活可以是多方面的，多色彩的，多线条的，没有不可能发生的事情。

书名：书人乐缘

作者：顾犇、韩盈

出版社：海豚出版社

出版时间：2016-9

（2017 年 1 月 6 日）

是谁传下这行业？黄昏里挂起一盏灯

值夜班，总是读书的好时光！

新得到的《纸日月》，爱不释手。

俞晓群的序言很长，回忆了他与作者张冠生交往的故事。

书的体例有点像"历史上的今天"，365天，每天都有历史上当天关于图书的故事。

装帧十分精美，还是杨小洲的杰作。

本人接触过作者张冠生多次，有思想，一个平实无华的人。

在大师身边工作多年，从来不用大师的名义为自己贴金。出入官场，却是一身学究气。

他在后记里写道："后来，读到一句话：'是谁传下这行业？黄昏里挂起一盏灯。'感动莫名"……"一个读者，为更多读者辑录这本小书，初心如此。"

作者从年轻时代就开始积累卡片，几十年下来，不忘初心，持之以恒，集腋成裘，就出了这本书。推荐爱书者阅读！

书名：纸日月

作者：张冠生

出版社：海豚出版社

出版时间：2016-8

（2017 年 1 月 8 日）

邹进：解读人天档案

作者邹进在序言里写道："要是贴标签的话，人天书店就是一个馆配商；还要再标榜一下的话，也可以说，人天书店是中国最大的馆配企业。""关于书名，本书的主要内容就是人天18年的全部档案，加了'解读'二字，还是有给人提供案例的想法。还是觉得自己做得不错吧，有点沾沾自喜。如果后来的创业者确实能从中读出一点心得，就有了档案之外的价值。"

"在18年的经营活动中，有过不少竞争对手，前期是成都世云，现在是湖北三新和浙江新华，还与江苏凤凰发生过冲突，这些都没有删节，也没有用假名替代，如有得罪之处，万望各位大佬海涵。二是涉及'人天事件'的档案，收还是不收？这好像是自揭伤疤，但我以为，经过'人天事件'之后，人天才是一个成熟的企业。尽管人天也是行业潜规则的受害者，但在法律和道德面前，人不是别无选择。《论语》里不是还说'不成功便成仁'嘛。三是专家评述。这个栏目都是我的约稿，我是希望专家解读人天档案的。刘兹恒、徐建华是图书情报学专家，陈源蒸、李雁翎是自动化专家，王瑜、莫林虎是营销学专家，吴之洪是公共关系专家，这四方面的组合是人天成功的基础。因为了解了文献资源建设的规律，利用自动化和互联网的工具，通过渠道建设和市场营销，才使人天书店成为一个成功的馆配企业。"

因为我在这个行业里"混"，所以很熟悉邹进这个有书生气有诗人情怀的企业老板。据说学者或者诗人作家之类的，经商都不会成功。邹进虽然获得成功，但也是有不少周折，经历了业内瞩目的"人天事件"。自那时候，业内人士都远离邹进，主要是为了避嫌。没有想到，从里面出来以后，邹进继续写诗，继续经商，不停止自己的脚步。这本书可以说是凝聚了他的心血，也可以作为业内案例研究的一手资料。

《图书馆报》李晓的文章"《坠落在四月的黄昏》背后的故事"，写得非常好："诗人是天生的，但天生的诗人不一定是永远的。因为后天的世界太复杂了，商品经济把人性中最丑陋的一部分召唤了出来，纠集于原始积累的角斗场，让世人的灵魂在炼狱中经受着前所未有的考验。好在，在这考验中，邹进既未沉沦，也未曾被世风吹落，而是依然充满幻想与激情，依然孤独地思考着，继续追寻着让整个灵魂都为之震颤的崇高。"

陈源蒸老先生的文章"我与人天书店"，讲述了人天书店创业的故事，第一段就提到 1999 年覃其锦和杜红卫等熟悉的名字。人天创业的时候，就在我们宿舍楼的地下室，当时经常看到他们在附近走动。

我难以想象，邹进先生竟然保存了他的所有文字资料，甚至还有《致国图社区住户》："亲爱的国图社区住户：今天，人天书店全体员工向你们道别。2001 年 6 月，人天书店进驻国图社区，与你们朝夕相处。……送一本书留作纪念，也是我们对你们的真心祝愿，让我们一起踏上这趟快车。……2004 年 7 月 27 日。"

书名：解读人天档案：中国书刊发行业领军民企的激荡十八年

作者：邹进

出版社：社会科学文献出版社

出版时间：2017-1

（2017 年 2 月 16 日）

书目签名的乐趣

爱书者喜欢购书，当然也都希望得到作者的签名本。于是，签名本成为大家收藏的佳品。最近读了陈子善老师的新书《签名本丛考》，知道从签名本中可以了解到不少典故，很受启发。

书展上一般都有签名售书活动，一来为出版社促销，二来也是提高作者的知名度。

海豚出版社最新出版的《海豚人文书目》，记录了该出版社八年来人文图书出版的历史，其唯美的制作本身也是一件值得收藏的佳品。更有意义的是，这本记录了一个不喜欢当官只想做事有人文情怀的出版人八年来的追求，这在中国出版界里是独一无二的。俞晓群社长在给我签名时题写道："八年一梦"，所表达的就是这个意思。

话说出版社用书号正式出版自己的书目，在国内外都不多见。因为小出版社出版自己的书目没有什么意义，而大出版社的书太多，书目容纳不下。出版社出版自己的书目，大多数是送人用的，所以一般也不需要用书号正式出版。类似的例子有《国家图书馆出版社三十年图书总目》，2009 年出版，16 开精装，很厚的一本，沉甸甸的。海豚的书目当然与众不同，小巧、美观，是海豚一直以来的风格。

书展上获得这本书，正好名家都在场，一时间大家都忙着找名家在书目上签名，貌似成为新的时尚，签名售书都不那么重要了。

就是书后没有索引，找书起来不太方便，也是一个小遗憾。

书名：海豚人文书目

作者：朱立利

出版社：海豚出版社

出版时间：2017-8

（2017 年 8 月 21 日）

富贵浮云，俯仰流年二十春：
读詹福瑞《俯仰流年》

早就听说老馆长要出书，终于拿到手了。

与过去的那些书相比，这本书明显风格不同。之前的大多数是学术论著，还有一本诗集，而这本书却是一个散文集，完全不同的风格，令人期待。

我开玩笑说，这书与我刚出版的《书人乐缘》类似，不过水平就不能相提并论了。

网上预热，《姥姥》和《国家图书馆的310室》都已经热炒，不少人读了热泪盈眶。

第一部分，都是家里的事情，对故乡的回忆，亲情的温暖，山、水、草、木、人、事、情，细致入微，感人至深，是我最喜欢的部分。

也许有一些事情大家也会经历到，但到了大师的笔下，却尤其动人。《冬暖》中母亲盖被子的段落，无不为之动容。

母亲在，家就在，这是他平时经常说的话。读到

《青龙河》中"青龙河现在成了伤心之河"和《疏淡了回家的念头》中"过去回家，感受的是失去亲人的伤感，如今又叠加了农村败落而来的失落与失望，回家真没有什么大意思了"，故乡的衰败，感到非常沉重。

詹福瑞先生是我的领导，也是我尊敬的学者。从写作来说，他绝对是一流的高手。他的思想和感情的流露，非常真实。无论是学者还是领导，都很难做到这样的写作。他却做到了，而且还实实在在地打动了不少读者。文中还流露了他对学问和为官的看法、对底层生活状态的关注、对学者生存状态的同情，也有对社会时弊的针砭。第二部分是他与学者之间交往的记忆，在情感的流露中，也不乏史料价值。《贺年卡》一文中提到了复旦大学王运熙教授，我转给王运熙的儿子、我的大学好友王宏图教授看了。

写论文和散文是完全不同的套路，很难做到两者都写得出色。我本人也都有尝试，略有体会，也算浅尝辄止。詹福瑞先生在写作的诸多领域内都有所成就，炉火纯青。

这本书好评如潮，已经有不少大家的点评，我就不凑热闹了，写几段感想而已。

书名：俯仰流年

作者：詹福瑞

出版社：生活·读书·新知三联书店　生活书店出版有限公司

出版时间：2017-6

（2017 年 9 月 4 日）

馆长与学者

安建达 / 绘

杖乡之年的感悟

《礼记·王制》曰："五十杖于家，六十杖于乡，七十杖于国，八十杖于朝，九十者，天子就有问焉，则就其室。"

俞晓群先生在杖乡之年，出版了《杖乡集》，收录了自己在 2015 年的随笔文章，讲述了关于书籍、阅读、出版以及出版人的种种故事。其中提到的有些事件我也一起经历过，提到不少书我也都读过，还有熟悉的名字，所以说我读起来非常亲切。

沈昌文老先生给俞晓群的总结非常贴切，说他是"三栖"达人，涉足学术、出版、写作这三个领域，而且都有所成就。

跨界不容易，需要才能，需要时间，需要精力，需要激情。跨界也不能说是不务正业，应该是达到了触类旁通的境界。做学术到一定的地步就有鉴赏能力，就能判断作品的价值，也能交到学界的朋友。写作则往往是有感而发，随时记录点滴心得。我们从他的文字中，也可以读到他与作者们交往的故事，梳理出一个出版家的思维脉络。选题不是开会开出来的，是交朋友过程中碰撞出的思想火花。俞晓群作为一个出版社的领导，丝毫没有官员的架子，不讲究"级别对等"。他尊重前辈，重视传承，不吹嘘自己是横空出世的达人；他也提携晚辈，甚至还为80后的青年学者写序，令人感慨。

在海豚出版社工作了十年，他不仅发展了少儿出版的业务，还在人文领域拓展，并尝试了各种精美的装帧形式，在中国出版界独树一帜，受到了书迷的喜爱。我之前介绍的《海豚人文书目》，凝聚了他在这领域里的心血。

俞晓群貌似没有其他爱好，所有时间都花在工作和写作上，这也是他成为"达人"的秘诀。作为出版社的负责人，管理事务繁杂，晚上回家需要休息，恢复体力，而他却还有精力坚持读书和写作，不仅是需要激情和爱好，还需要毅力。几十年如一日，硕果累累。他的文集，可以作为出版工作者的样板，也是这个时代文人生活的写照。

所谓"杖乡"，也是对他这个阶段工作的一个总结。他是闲不住的人，期待"杖国"之年有更多惊喜。

书名：杖乡集

作者：俞晓群

出版社：浙江大学出版社·启真馆

出版时间：2017-6

（2017年9月8日）

好人家子弟在亭子间里做大事：
读沈昌文《阁楼人语》

　　20 年来，我读过沈昌文先生的很多书。过去都是他亲自邮寄给我的，后来老人家行动不便，自称"老年痴呆"，很少出门，我也就自己网上订购，也经常能从其他渠道得到他的新书。

　　之前没有得到过《阁楼人语》，幸而最近重新由海豚出版社出版，全新的装帧。因为总有机会见面，于是顺手得到了沈公的亲笔签名，非常荣幸。

　　何为"阁楼"？北方人大概不很理解。在沈公的书里，特指上海的"亭子间"，就是楼梯拐弯处位于半层位置的小房间，一般不到 10 平方米，朝北向的后门位置，下面是带后门的厨房，上面是阳台，常年见不到阳光。过去设计是保姆居住的，后来也分配给了正式的住户。在寸土寸金的大上海，有一个亭子间也算是不容易的了。有时候，阁楼也指比较高的房间，中间打上隔断，成为两层，上层的阁楼可以储物或睡觉，这样也解决了空间不足的问题。不管如何，"阁楼"都不是正式的居所，而是狭小的空间而已。在阁楼里居住或者工作，是比较艰苦的。

20年前，我第一次认识沈公，他就主动说他住在"阁楼"里，我一下子没有反应过来，追问他几次："您在上海还住阁楼吗？"他笑而不答，大概是另有含义。

在本书的前言（自述）和后记中，他多次解释了"阁楼"的概念，读了颇受启发：

•"阁楼"云云，并非如文学理论家所想象有什么隐喻，只是写实而已。因为在整个八十年代里，《读书》编辑部或居危楼，或入地下，使我辈时时有"过亭子间生活"的感觉。

•另外，我原是上海滩的小店员，一直羡慕上海文人当年在亭子间里做事。那年头编辑室也居处湫隘，一旦命名为"阁楼"，并不意味丢脸，反以为荣。

•于是，恍然大悟，在阁楼里可以做得大事，中外通例。我辈阁楼中人绝不可自怨自艾，更不必自轻自贱。要时刻想到，阁楼外有那么多眼睛望着自己，彼此相睇，心灵相通。

•想到这里，倒很愿意让《读书》成为一个"文化阁楼"。"阁楼"既小，所容者自然也少，三四个疯女人疯男人而已！

　　· 由是之故，以后把自己写的鸡零狗碎通就叫：
《阁楼人语》。

　　总结《读书》时期的工作，沈公说道："从未公开招聘，都是各方面推荐而得，内部掌握的标准，实际上惟有一条：好人家子弟。'好人家'也者，既不指红五类，也不指黑五类，只指家庭中文化素质较高，从而品德学识也略好。如斯而已。"这"好人家子弟"，却是我熟悉的表述。我小时候父母也经常用这样的话，让我结识正派朋友，不要与"野蛮小鬼"来往。而这也是沈公的祖母对他的教育，成了沈公选人才的标准。他第一次认识俞晓群，也称其为"好人家的子弟"。在俞晓群《杖乡集》的后记里，也有类似的说法。

　　《读书》杂志，虽然没有得过什么大奖，它却是中国最有影响力的杂志，也是 1980 年代新启蒙运动的推手。沈公认为，"总结在《读书》这些年，略有所成，均得力于自承无能，于是才能较好地执行《读书》众帅意图，才能同许多名流学人打成一片，也才能少出一些事端。"从《阁楼人语》中，读者可以把握这份曾经颇有影响力的杂志的发展脉络。

　　王蒙先生为本书写了序，我倒是更想引用 2011 年9 月 15 日沈公八十岁时，在"沈昌文《八十溯往》出版纪念会"上王蒙先生的发言："大哉沈公，无所不通；大哉沈公，无所不精；大哉沈公，随心所欲；大哉沈公，嘻嘻松松。"

我还留了视频片段，土豆网里可以查到的。

书名：阁楼人语：《读书》的知识分子记忆

作者：沈昌文

出版社：海豚出版社

出版时间：2014-6

（2017年9月19日）

纸上宝石，书人雅趣：

读黄显功《纸色斑斓》

难得的长假，得知黄显功先生的新书发布会，就去凑热闹了。因为事先不确定是否有时间，也没有告诉主办方，搞得大家有点尴尬。

不过能见到黄显功兄，也是一件很高兴的事情。

显功兄曾经与我同行，从事图书采编工作，业内口碑颇佳。后来改行做古籍，也同样做出了很多成绩，名气越来越响。虽然不是同行了，但也老有机会见面。

有朋友送我藏书票，我在网上"显摆"，于是显功兄也有点"马太效应"，送了我不少他手头有的藏书票，弥足珍贵。

后来，有画家给我做藏书票，我还请教显功兄如何印刷，用何种纸张，于是就解决了我的问题。他在国内藏书票领域做了不少工作，已经众所周知。

藏书票是小众的艺术，图书馆员研究藏书票，一方面是一种雅趣，另一方面也有助于阅读推广。书与藏书票结合起来，才显得更有意思。

《纸色斑斓》一书是显功兄的各种文章的汇编。很有意思的是，他说他自己一直手写文章，只有短文章才用电脑写，所以大多数文章都没有保存，编辑文集的时候显得有点费劲。现在还不经常用电脑的人，大概不很多见。

全书分为故纸秋色、卷册流光、遗墨生辉、图像剪影、纸上宝石、印痕映彩六个部分，涉及造纸、雕版、印刷、出版、书店、藏书、艺术等领域。我最感兴趣的是"纸上宝石"一章，都是藏书票的故事。

我获得的是限量毛边本，两张藏书票选用，一张是黑白的，冲击钻打书挖宝；另一张彩色的。后一张有两种理解，同一个人用超现实主义的手法把侧脸翻转过来，或者是情侣的脸贴脸，不知道画家原意如何。我还是选择黑白的，觉得与书的关系更密切一些。仔细一看，没有想到是我从小就一直喜欢的郑辛遥的大作。

中华书局的毛边本我第一次看到，与海豚社的不同。一叠八张（16页），因为纸比较厚，所以一叠显得很硬，裁起来不很方便。书下方书根部分折叠的根部和外侧书口部分折叠的下部都有局部切口，便于读者进一步裁切，以免裁不到装订的根部而导致撕裂。但是因为折页太厚，如果不切开，书横向弯曲以后书根部分就容易变形。打开后，还是发现有一些靠近书脊的书页粘连，如果裁不到位，翻页的时候会撕破。"毛边"的留边比较多，外观十分明显，所以装订后尺寸应该要比普通本大一些。甚至还保留了纸张边缘标记颜色、印刷日期等参数的文字，还有裁切用的基准线，都在书页的上方书顶部分，参差不齐，清晰可见。可以看出这批毛边书是 2017 年 9 月 22 日印刷的，距离活动只有两个星期的时间。

书名为"纸色斑斓"，其实书的设计也很美观，有立体感，书本身就很"斑斓"的了。收藏在手，值得珍惜。

书名：纸色斑斓

作者：黄显功

出版社：中华书局

出版时间：2017-9

（2017 年 10 月 14 日）

著书立说的馆员

安建达 / 绘

百年纸年轮，黄昏一盏灯

张冠生的《纸年轮》，一本不算很新的新书，作者承诺给我很久，因为我怕给他添麻烦，就说"您什么时候见面时候给我即可"。

翻开护封勒口，就看到熟悉的话"是谁传下这行业？黄昏里挂起一盏灯。"触动泪点。

一个普通读者，以淳朴心情，在寻常可遇的读物中，从辛亥革命那年起，作了一次年轮式阅读。百年烟雨里的百种读物，书里书外的千字短文，渐聚成纸上年轮。"是编辑还是作者？是书店店员还是图书馆员？为了人和书的相遇，古往今来，多少膏血？"

乍一看，以为是书评集或者是读书指南，读着读着，越来越发现其中的脉络。作者所列举的图书，都是与历史上当年的事件密切相关，甚至有一些图书本身成为历史事件，也影响了历史。

对我来说，印象特别深刻的是1977年《敬爱的周总理，我们永远怀念您》、1978年《哥德巴赫猜想》、1979年《西行漫记》、1980年《围城》、1981年《傅雷家书》、1982年《世界史纲》、1983年《第三次浪潮》、

1985年《宽容》、1986年《江村经济》、1987年《随想录》、1989年《球籍》等等，每一本书都是当年青年人的持续很久的热议话题，影响了一代人的思考方式，培育了社会的读书风尚，也引起了社会、科技、人文等领域内的变革。

作者并不是简单介绍图书，而是考证了图书的沿革，进行版本对比，还有它们在历史上的作用。例如，谈到《毛主席语录》，作者介绍了历史背景，各种版本的特点和印数，也提到了境外的一些版本。作者引用了罗曼·罗兰关于书籍和经历的论述，也引起了我的共鸣。

张冠生先生在百忙之中，能阅读如此众多的图书，令人肃然起敬。我有一次问他，"您写书花多长时间啊？"他说，看上去复杂，其实平时日积月累，也就水到渠成。

纸张不仅记录历史，也造就了历史，"纸年轮"犹如树木的年轮，带有岁月的痕迹，本身就是一种历史的记忆。

书名：纸年轮：民国以来百年中国私人读本（增订版）
作者：张冠生
出版社：广西师范大学出版社
出版时间：2014-11
丛书：理想国·书之书

（2017年10月25日）

世界就像一本书：读顾晓光新作

《旅行之阅 阅读之美》

圣·奥古斯丁说："世界就像一本书。"读不同的书，对世界会有不同的认识。读书多了，自然对世界会有更全面的了解。

阅读推广工作任重道远，但是阅读的重要性不言而喻，而且我们确实已经发现，除了内容以外，阅读的姿态本身就是一种美。顾晓光能抓住这些美的瞬间，与大家分享，也感染了大家。

《旅行之阅 阅读之美》，顾晓光著，清华大学出版社，2017 年 9 月出版。

1 本书，10 年，27 个国家，120 幅图片，7 万字——阅读是最美的姿态，也是一种传染病，给你，给我，给大家。

在功利性的阅读还占很高的比例的今天，功利性的写作更是如此。顾晓光本是制造学术垃圾的年龄和职业，而他能注重这样的书，乐此不疲，值得称道。他独辟蹊径，开拓了一个崭新的领域。

书中提到的不少地方我都去过，但是那里的阅读美景我却没有都见过。例如，我曾四次去巴黎，但是那里的莎士比亚书店，却总是失之交臂，因为公务安排，路过了也不能进去。而且，作者确实有他自己独特的视角，再加上摄影技术，如虎添翼。

常言道，"读万卷书，行万里路"，我深有体会。有时候，旅行途中能遇到百思不得其解的问题，需要靠读书才能解决。而同一本书，年轻时候读过，到一定的年龄有更多的阅历，重读会有不同的感受。我也行走了不少国家，留下数万张图片，作为旅行的记录，也作为普通人的生活历史。我没有能汇编成册，而他却做到了。

特别值得一提的是，不少图片来自柬埔寨、尼泊尔、伊朗、墨西哥、古巴、以色列等国家，都是中国人很少去的地方，深刻感受到不同民族的风情，也体现了世界上不同信仰的人们都有共同的读书风尚。这也是本书的一个特点。

正如作者所说的那样："我的职业是图书馆员、学术期刊编辑，一直与文字和图书打交道。摄影是没有文字的诗，它无法替代文字，却能够使人更好地运用文字，赋予更多的可能性。当摄影遇到文字，当图片遇到图书，便是一件美妙的事情。"

在数字技术日新月异的今天，阅读的形式受到质疑，阅读的载体不断变化，图书馆的未来和书店的未来都是未知数，与书有关的整个产业链都在重新整合，我们正面临着阅读的历史性的转折点。

我想，如果顾晓光写了一本学术著作，也许 10 年以后，或者 30 年以后就无人问津。而这样一本关于阅读的书，确实有其独特的生命力，至少 100 年以后都不会被淘汰，除了其独特的美，还因为它是这个时代的历史记录。

书名：旅行之阅　阅读之美

作者：顾晓光

出版社：清华大学出版社

出版时间：2017-9

（2017 年 10 月 27 日）

又一个十年

"一年之计，莫如树谷；十年之计，莫如树木；终身之计，莫如树人。一树一获者，谷也；一树十获者，木也；一树百获者，人也。我苟种之，如神用之，举事如神，唯王之门。"（《管子·权修》）十年，对于人生来说是一个中期的尺度，对于事业来说，也就是做一两件大事情的时间。

《又一个十年》，是大连图书馆建馆110周年的纪念文集。对于我来说，也是认识辛欣女士的十年纪念。

本书分上下两卷，共四篇，50余万字，150余帧图。上卷是各界学者的赐稿和白云书院传统文化讲座的荟萃，下卷则是大连图书馆馆员的研究心得。

大连图书馆有一个白云书院。我那年去拜访的时候，还是老馆长张本义先生在任的时候。他创建了白云书院，在国内开创了先河，令人感觉耳目一新，也不得不敬佩。

那次认识辛欣馆长以后，就一直和她保持联系，也有机会在大连图书馆举办了一次学术会议。有时候，因为一个具体的业务问题，或者是共同感兴趣的事情，我们会聊很久。

我定期收到大连图书馆寄来的《大图》，特别喜欢其中辛欣馆长写的《旅美日记》，图文并茂，连载很多次，到2015年底全部发完。我1999年访美，是同一个项目，可以说是她的学友。当时写了考察报告，但是没有写如此详细的日记，回头想想有点遗憾！我知道考察过程中要做那么多笔记是很累的事情，基本上晚上没有休息时间的。我从《大图》创刊起就一直阅读，觉得有特点，也感受到辛欣馆长的为人和文风。

本书由辛欣女士主编，也包括了她自己的执笔或合作的文章十来篇，涉及图书馆工作的很多方面，可以感觉出都是她精心设计而且亲自参与的各种活动的成果。图书馆员工所撰写的业务研究和读书心得的文章，可以管窥馆员的风采。

上卷虽然都是学者的文章，但是辛欣最后一篇《讲座专家人物侧记》，不少专家的人物性格和特点勾画得栩栩如生，如见其人。本文集的下卷，收入了辛欣女士的《旅美日记》，就是之前在《大图》中连载的文章，汇集起来，更容易保存。

我个人体会，更喜欢读下卷，因为馆员的文章更接地气，读起来更亲切，而且对于图书馆来说更有纪念意义。

本书编排讲究，装帧精美，用纸考究，彩色插图，无不体现了主编的品位。不仅内容上乘，书的本身也是一件珍品，值得长久保存。正如辛欣在序里所说的那样，"时间终究是永恒的胜利者，赢了树，赢了人，赢了万物，把一切都变成了过去。但人也是超乎寻常的伟大，记录下时间带给世界的种种变化，把过往的岁月用心锁住，放进书里，保存在图书馆里，于是也有了某种意义上的永恒"。

书名：又一个十年
作者：辛欣
出版社：广陵书社
出版时间：2017-9

（2017 年 12 月 5 日）

百年图书馆文献的里程碑

　　偶然获得图书馆学著作一本，是 1976 年美国稻草人出版社出版的《图书馆文献里程碑（1876—1976）》（*Landmarks of library literature, 1876-1976*）。这本出版于 40 年前的文集，汇编了百年来的重要文献，都是对图书馆事业发展有关键推动作用的成果。现在看来，不仅有历史价值，也对我们现在工作有启发意义。如果是最新的版本，我就想翻译出来。

　　为什么选择 1876 年到 1976 年这个时间段呢？编者认为，1876 年在美国图书馆界发生了不少重大事件，所以这年可以说是美国图书馆文献的元年，而 1976 年则是百年纪念。例如，《图书馆杂志》（*Library Journal*）创刊于 1876 年，《美国公共图书馆》（*Public Libraries in the United States*）也于 1876 年开始出版。

　　编者选择基于如下标准：

　　• 文章发表以后引起激烈讨论，或者对美国图书馆事业有重大影响［例如奥斯本（Osborn）的文章《编目的危机》（*The Crisis in Cataloging*）］

• 由著名图书馆员撰写，出色表达其思想或观点的文章〔例如肖（Shaw）的文章《从恐怖到弗兰肯斯坦》（*From Fright to Frankenstein*）〕

• 关于著名话题或论题的文章、评论、编者按等〔例如库尼茨（Kunitz）的编者按《里士满的幽灵》（*The Spectre at Richmond*）〕

• 不管是什么作者、不管是否有影响、不管是什么话题，文章本身写得特别好〔例如谢拉（Shera）的《论图书馆史的价值》（*On the Value of Library History*）〕

• 著名文献或报告〔例如《美国公共图书馆》（*Public Libraries in the United States*）〕

全书分为六大部分。

第一部分：图书馆员和图书馆事业：图书馆职业及其问题

第二部分：图书馆事业的历史观：图书馆史的价值

第三部分：图书馆员的社会责任：政治学研究、女性雇员、馆藏、审查制度等

第四部分：图书馆和图书馆服务的概念：公共图书馆、国家图书馆概念、图书馆和青年、大学图书馆、专业图书馆、图书馆服务中的问题

第五部分：图书馆事业的技术方面：编目和分类、图书馆及其资源的管理

第六部分：自动化和图书馆的未来：用文学的语言

描述未来的各种可能性

这书用电脑排版，用比例字，但是没有字体变化，更没有斜体，只好用下划线表示书名或者重点，脚注标号和脚注文字都没有字号变化，书中还夹有质检标签（PASSED BY #18）。看上去是最早用电脑排版印刷的图书之一，其本身也是历史了。

该书原藏家是沈昌文先生，后转赠给张冠生先生，最后转到我处。查了馆藏，上海图书馆有藏，而国家图书馆缺藏，感到汗颜。我读完以后，随即转入馆藏，永久保存。

书名：Landmarks of library literature, 1876-1976

作者：Dianne J. Ellsworth and Norman D. Stevens（主编）

出版社：Scarecrow Press

出版时间：1976

（2017 年 12 月 30 日）

图书馆员是为他人做嫁衣的

大帅

为人做嫁衣

安建达 / 绘

2017 年读书总结

2018 年已经过去半个月了，才有时间总结一下自己 2017 年的阅读成果。

大家也许以为图书馆员读书有得天独厚的条件，这个完全错了。

图书馆员除了每天能看到书以外，很少有时间能读书里面的内容。

那么多年以来，我一直保持着阅读的良好习惯。只要有人送我新书，我一定抽时间读完。如果没有人送书，就自己找喜欢的书读。一年下来，过手的也会有 70 来本，平均下来每周超过一本。

好在现在有豆瓣帮忙，不用自己整理了。

豆瓣读书报告：

我一共读过 71 本书

在好友中排第 1 名

比去年减少了 23 本，平均 5.1 天一本

其中有 7 本是今年出版的新书；

我读过的书总页数为 5,437 页

按 1 页 / 分钟的速度

读完需要 3 天 18 小时；

我想读的书还有 169 本

按照今年平均 5.1 天一本的速度，还需要 861 天才能读完，加油！

写在最后：

书多方证明了自身，我们看不出还有什么比书更适于实现书的用途。也许书的组成部分将有所演变，也许书不再是纸质的书。但书终将是书。——翁贝托·埃科《别想摆脱书》

2017 年发表了两篇书评，比 2016 年少，不过还写了一篇关于读书的随笔。

这样，也算是总结了。

（2018 年 1 月 17 日）

其　他

读书的猪

　　周末读书，碰巧翻到王小波《一只特立独行的猪》中的"谦卑学习班"，里面提到了读书的问题："如果看翻译的书，能把你看得连中国话都忘了。要是到北京图书馆去借，你就是老死在里面也借不到几本书。总而言之，大家都有想看而看不到的书。"

　　是他想看的书我们这里没有吗？还是大众的书我们这里都没有？还是我们有的书他借不到？或者不方便借阅？这句话真的有很多种解读啊！

　　也不知道这只"特立独行"的猪是否经常到北京图书馆来。

　　我已经差不多老死在里面了，可以说借不到几本书吗？

　　图书馆曾经是文化人趋之鹜的地方，买不起书想读书的人当然要借书，要翻译新书的出版社编辑也会求图书馆员采购。

现在，图书的价格相对工资来说越来越便宜，而且出国机会很多，出版社参加书展就直接把想翻译的书带进来，于是图书馆在文化人心目中的地位就不那么高了。

我年轻时候主要用图书馆的工具书，翻译了不少东西。现在读书越来越多，一半是作者和出版社赠书，一部分是自己买书，很少一些是图书馆借的书。有人说你作为图书馆的工作人员还自己买书，说明图书馆服务不好。这话不完全正确。图书馆里的书很有限，自己想看的书或者是还没有上架，或者是读者已经借阅。如果要费心思去找想读的书，不仅打扰同事们的正常工作，也影响自己马上要读书的心情，不如花一顿饭的钱读了再说，读完了书也可以捐赠出去。

我的一个朋友苏先生的点评倒也有一些道理："当年的北图去过几次，去伤了。以至于现在的国图，不是因为工作、会议，一般都不会去。"希望现在他来读书，不是当年的那种体验啊。

读书是快乐的，猪也是快乐的，有研究表明猪的智商也不低。做一只快乐的、高智商的、读书的猪，该有多好？

前天正好看到两只快乐的猪，也很特立独行，那是广州雕塑家徐敏的作品《爱神之吻》，标价16000。

（2016年3月8日）

最好的时光，时代的记录，
癌症患者的心路历程

上周收到《最好的时光》，迫不及待地打开。

这本书的策划经过我都清楚，也对该书出版的各个环节略知一二，并和作者一起经历了酸甜苦辣各种滋味，非常想先睹为快，特别还有其独特的封面设计、书签、藏书票。

虽然我了解简平兄的经历，虽然我读过他的大多数书，但是这本独特的书，我还是第一次完整阅读。

最好的时光，是从 2011 年 12 月至 2015 年 12 月四年间，作者所经历的充满艰难、痛苦、悲伤，也充满勇气、信念、理想的日子，尤其是与同样罹患癌症的母亲相扶相持坦然面对命运和死亡的两年零四个月，他们一起将这最坏的日子过成了最好的时光。所谓"最好的时光"，应该是他最艰难的一段经历，却是他精神上收获最大的时期。

书中也穿插着作者祖辈和父辈的身世，他姐妹的经历，癌症病人的生活状态，还有同时期文化人的生活场景，是一个时代的写照，也折射出这个时代上海市民生活的侧面。

读书的同时，也是一种心理的体验，伴随他的文字重温他的心路历程。癌症已经是常见的慢性病，大家对它的恐惧还难以消除，可以说是谈癌色变。与癌症相关的，是人们对它的态度。他不仅经受了癌症的折磨，经受了抑郁症的煎熬，见过死神，但是他没有被打败，而是更坚强地站在我们的面前。癌症很可怕，死亡更可怕，但是在精神上战胜癌症，正视疾病，却是难能可贵的，能与母亲一起相依为命共同抗争的则更为少见。

简平兄是细腻且善感的作家，他对自己经历的每一件事情都有记录，个别文字很长，甚至整页都没有分段，一气呵成。他把和母亲一起度过的岁月整理成文字，感人至深。

"人类已经可以漫步浩森宇宙，迄今为止人类观察到的最古老的行星距离地球五千六百光年，但从来未曾发现我们的先人所去所往的地方。这是活着的人所无法摆脱的伤感和伤痛，也是恐惧死亡的根源。好在信念和祈愿具有超乎一切的力量，这是人类的幸运。"

"从另一个层面说，妈妈或许是想以这样一个时间长度，让我们有机会不因没好好地正视死亡就逃避开去，从而认识到人只有通过学会怎么死，才有可能学会怎么活，认识到只有坦然地接受自我的消逝，才有可能获得最真实的自我。大妹妹替妈妈去苏州河边放生时，我想到妈妈这一生胸襟开阔，临走还心怀众生，不禁泪水滔滔。"

"我想，只有真正热爱生活、珍视生命的人才会对未来的死亡做好准备，并以此主宰自己生命的归宿和方向。的确，人不应该害怕死亡，人所害怕的应该是未曾真正地生活过。妈妈一直说她心满意足，这应该是蕴含了她在人生中按着自己的意愿，一次次地安排了自己的生活，永不慌乱，从不冷漠。"

"妈妈让我感受到了无与伦比的人生圆满。在这无常的人世间，有多少人可以享有如此从容、如此宁静、如此旷达、如此温馨的生离死别。这是妈妈赋予我的，我是多么的幸福，多么的欢喜。"

"如果一定要用一个词来描述这段时光里我们所得到的最珍贵的东西，那便是放下，而世上最难得的莫过于放下欲望，放下疾病，放下恐惧。因为放下，才有得到，我和妈妈得到了人生中一段紧密相守、同舟共济的日子，在这段日子里我们彼此都感受到心灵的满足和快乐。"

"我不会感谢苦难，也不会说逆境成就了什么，因为这是不合常理的，即使在逻辑上也是说不通的。但是，我和妈妈确实在最坏的日子里，一起度过了我们生命中一段最好的时光，这段时光可以证明生活有许多的意义和价值，而不仅仅是活着。"

简平兄瘦小的身躯，却承载着旺盛的精力和顽强的灵魂。特别是他和母亲一起相依为命，与癌症抗争，共同度过"美好的时光"，值得大家学习！

我很荣幸能与他共同经历一些事件，所以书中有多处提到我的名字。

读完最后一页，我真正感受到，这不是普通的传记，是对人生价值的总结，是对生命的领悟。看到这些文字，我们所经历的苦难、痛苦和悲伤，还不能放下吗？

该书已经被媒体选为"2016年上半年好书"，不仅文字美，设计也上乘，甚至每一个装帧的细节都凝聚了作者的思想，渗透着作者对母亲的感情。在这个物欲横流的社会，我们应该好好读一下简平的书，汲取精神的养分。

书名：最好的时光
作者：简平
出版社：海豚出版社
出版时间：2016-5

（2016年7月4日）

书籍是人类进步的阶梯

安建达 / 绘

有趣的《地书》

偶然看到朋友推荐的奇葩书，忍不住好奇心，托人买了一本。本以为看不懂，可是一看网上几句话的介绍，就大多数都明白了。早知道不看介绍了。

最有意思的是这本书没有文字，题名页没有文字，版权页没有文字，只有书腰上有字《地书：从点到点》，可是书腰却不是书的固有属性。这可以说是图书馆编目工作中的特例。上海图书馆的目录里有简单的描述，做得相对规范一些。我不服气，尝试用 Word 软件输入作为书名的这五个字符（三种不同的字符），还是可以实现的，用 Webdings 和 Wingdings 字符集即可。可是在 Web 浏览器上，这些字符集还不能显示。所以说，一般的图书馆编目软件，即使采用了 Unicode 字符集，要描述起来也有困难，除非安装专用的字库。

该书描述了白领工作和生活的一天，包括早晨鸟叫和闹钟唤醒起床后排泄洗漱的过程，包括挤地铁时候的着急心情，包括上电梯的时候遇到去二层不愿意走楼梯而非要搭电梯的讨厌人，包括上班时候的各种思考，还有读书感想、旅行见闻、奢侈名牌、网上聊天，也包括下班后上夜店的娱乐和梦中的艳遇等。

我试了一下，觉得孩子们比大人更容易理解书中的内容，可是书里却有一些少儿不宜的内容（第16、66、106页）。

我觉得作者一定受到东巴文献的启发，所以看上去似曾相识。

同事看了认为这就是绘文字（emoji）表情符号的全面应用，1999年刚开始用日本雅虎邮箱时，人们最喜欢订阅的是乐天贩卖通讯，满屏的颜文字，超可爱。不过我感觉作者还是对这些表情符号进行了扩充和加工，话说要画那么多的图也不是容易的事情！

这书应该具有国际性，在世界发行都可以被读者接受。特别是其中的网络语言，提到了Twitter，Facebook，Google+，Yahoo，MSN等，都是国际性的。

不管大家如何评价，起码这本书是一种另类的尝试，也唤起大家对象形文字的兴趣。在网络时代，各种可能性都会发生，为什么不探索一下呢？

书名：地书：从点到点
作者：徐冰
出版社：广西师范大学出版社
出版时间：2012-4

（2016年8月23日）

沉重的历史：读《凤凰吟：中央乐团 1956—1996》

我本人是音乐发烧友，也是文化工作者。今年7月底去参加了中央乐团—中国交响乐团建团六十周年庆典音乐会，从而对该团的历史发生了浓厚的兴趣。借到《凤凰吟：中央乐团 1956—1996》，阅读后心情十分沉重。

我读过一些历史书，对历史学不在行，却很少见到用这样的方式来写历史。这段历史所描述的，前半是政治斗争，后半是经济生存。感觉政治斗争的比重太大，看了心情压抑。

搞音乐的人其实都很单纯，难以想象会有如此复杂的斗争。在这样的环境下，一个乐团没有死亡，而且还得到发展，实在不是一件容易的事情。

总体上看，这不是正统的历史，而是作者依赖访谈和公开文献所整理出来的著作，有点口述史的成分，难免有照顾不到的地方。

而且研究历史，也有自身的难处，就是想要的资料不一定有，有的资料不一定有用，有用的资料不能一定写出东西来。

其实我很希望还能补充信息，例如乐团的业务是如何开展的，演出曲目是否都有保存，乐队编制、每一次演出的乐手名录。

李德伦对作者说："中央乐团的40年是斗争的40年"。这是事实，也犹如咒语，始终萦绕着全书，无法摆脱。

这段历史太复杂，主要是因为这个乐团是国家的独子，是文化的风向标，所以一些艺术问题被上升到政治的高度，影响了乐团的发展，也影响了艺术家们的成长。我也不敢对如此大的问题妄加评论，只是写一些自己的读后感。

希望重生后的国家交响乐团能在良性的轨道上快速发展，早日跻身世界著名乐团之林。

书名：凤凰吟：中央乐团 1956—1996

作者：周光蓁

出版社：生活·读书·新知三联书店

出版时间：2013-4

（2016 年 8 月 28 日）

《傅杰文录》《〈随想录〉版本撷谈》

《书在别处》新书发布会

活动地点：万圣书园二楼咖啡厅

活动时间：8 月 28 日 14：00—16：00

嘉宾：沈昌文、辛德勇、张冠生、傅杰、周立民、刘忆斯

认识复旦大学傅杰不久，可是却已经见面好多次。这回他一下子出版了四本书，值得庆贺。

傅杰的稿子很难要到，用他自己的话说，是因为读书太多，疏于写作，另一方面也是敬畏大师，所以不敢轻易下笔。而且他不会电脑，需要别人协助录入。海豚出版社催稿四年，终于得逞，也算是奇迹。稿子修改了十几遍，可见其精益求精的态度。

坊间有不少关于傅杰教授的传闻，主要是说他和女学生之间的关系。例如，他的课堂上女生居多，而且前三排都是女生。可他自己却说，中文系就是女生多，别

说前三排是女生，前十三排也应该都是女生啊！

他这次的四本书，都是用不正经的笔调写出来的正经文章，敢于批评名家，一定会引起业内的关注。书中有几处提到北京大学的教授，而这次沙龙就在北京大学门口，令他感觉有点惶恐。

话说傅杰也是爱乐之人，经常给我推荐一些名曲，却自称是"外行式喜欢"。

参加了沙龙，还没有读到原书，过几天要想办法搞到这些书。

《〈随想录〉版本摭谈》的作者周立民是傅杰教授的学生，傅教授当时就发现他读书读进去了，有问题意识，一定会有成就。这本书看上去是小研究大问题，可以给今后的历史研究留下蛛丝马迹，时间会证明其价值。在这次沙龙中，嘉宾们多次提到"存目"这个概念，也使我这个外行大开眼界。

而作为著名报人的刘忆斯，则与大家分享了名人访谈的经验。访谈有各种类型，有学者式的访谈，有记者式的访谈，后者则缺少价值。与大师见面，有时候有预约，有时候则是在饭局上的聊天。大家都很佩服刘忆斯，竟然能在饭桌上没有录音的聊天情况下，整理出董桥的访谈。

沈昌文先生是老前辈，他谈到这几天两次沙龙分别在涵芬楼和万圣书园，都是他喜欢的地方，有特殊的意义。他"老糊涂了"，竟然把五道口当作五路居，所以好久没有找到万圣书园。他虽然"糊涂"，却总能博得大家的笑声。

最后，海豚出版社俞晓群社长也谈了自己的感想。俞社长认为，衡量出版人好坏不是因为他出版了多少书，而是看他交了多少朋友。这个我非常赞同。他身边不仅高朋满座，而且还为大家牵线搭桥，互相都成了朋友。

（2016年8月30日）

安建达荒诞小说《37传》序

　　好友安大帅最近忙于家事，疏于创作，也较少应酬。听说要出书了，好像也与我有点关系，因为我应邀写序，序言其实不好写，好在都是之前见过的文字。

　　大帅本名贾方，号安建达，戏称安大帅，大学中文专业，当过公务员，不喜欢那整人拍马屁的把戏，于是就自己创业。他"半路出家"做雕塑艺术，形成规模，不粗制滥造，不唯利是图，在业内颇有口碑。我办公室里那铜雕漫像就是他的作品，基于青岛画家韩盈老师的漫画。这次大帅出书，插图也由韩老师创作，然后他再锻造成为铜雕，不过与几年前韩老师给我博客书插图的风格截然不同。

　　创业难，其中的甜酸苦辣，只有自己知道。安大帅创业成功，也得到了父亲的认可。父亲一直在国有企业工作，排斥吹牛拍马之事，所以他支持儿子的事业。安大帅做铜雕之余，忙里偷闲，没有放弃自己的文字爱好，抽空写荒诞歪文，均来源于平时生活所见所思、风尚时弊、社会万象，展现出一幅幅市民生活图景。

荒诞的文字不好写，需要很多的技巧和智慧，读他的小说，不断的笑是必须的，因为他的文字里充满着嬉笑，至于怒骂，他绝对不会特意表现出来。

每篇小说，一定会给予人快乐的感受，这里我不想具体说，因为说了等于揭开了谜底，就没有了趣味。我只愿意截取他的某些文字片段，一目了然。他在说如今的网络概念的时候，说："实话说吧，好多也是看了杂志上的，然后抄的，最多了，是改编的，自己的话几乎没有。就是拿别人的话当自己的话说，然后再跟别人说。"这就是网络语言的喜剧，特别准确和形象。

再比如，他讲如今的"情人乱象"的时候言道："愿有情人都成眷属，应该改为'愿天下情人都有隐身衣，以便躲着眷属。'"令人哑然失笑。还有，讽刺艺术界的雅和俗的争执，他写出"雅是脸上的摆设，俗是屁股上的存在"。这样让人喜欢和思前想后觉得确实如是的话语，在安大帅小说里，比比皆是。我觉得，他的小说非常适合在路途里，或是临睡前，读上一读，不仅仅轻松，而且笑得邻座或旁边亲人吃惊：不知道你读到了什么样的文字会如此控制不了笑的神经。

记得他曾经说过，青年时候，一直是个文学青年，小说经常发表，直到从公务员辞职后，居然十几年没有写作，再写的时候，已经不惑。他的小说，曾经在大型网络文学版上连载，反映不错，我曾经提议他出版，可他自己也不着急。陈年老酒，愈酿愈香，这次终于开瓶，期待酒香四溢的效果。他还喜欢漫画，散见于各种报纸，还没有机会结集出版。

虽说现在时兴跨界，另类的东西更能吸引眼球，但是我总认为，有创造力的人都是触类旁通的。

书名：37 传

作者：安建达

出版社：海豚出版社

出版时间：2016-11

（2016 年 11 月 1 日）

灵魂欲化庄周蝶

安建达 / 绘

绍兴农民丁松盛的新作《乡野耕心》

自称是"绍兴农民"、只有小学的"文学功底"，"不知天高地厚"的丁松盛先生，写了一本文集《乡野耕心》，上海远东出版社，2016年11月出版。

该书除了前言、后记以外，分为四个部分：一、情趣杂谈，二、海湾沧桑，三、赤脚医生的记忆，四、生产队里的记忆。

作者用带有绍兴方言特征的语言，讲述了他自己的故事，回忆了当年的乡村生活，也包括了那个时代的口述记忆。

特别有意思的是，有文章介绍了荠菜马兰头、霉苋菜梗鬏、黄花菇糕等地方美味，还有铁定跟随他的上海女知青的恋爱故事。海边的童趣、泥螺、捕鱼、观潮等等，都有浓郁的地方特色。还有肠道寄生虫病、"抖抖病"、"大脚风"、草药、推拿、黄疸肝炎、"耳聍"等赤脚医生的故事，我之前略有所闻却不知其详。草子畈田、水车、育秧、耘田、水稻病虫、大水牛、焚烧秸秆、罱河泥、掸煤烟等，是在生产队时期的事情。

我只去过一次绍兴，但是绍兴对我来说并不陌生。因为我出生在上海，而上海人中籍贯浙江的很多，也有不少籍贯绍兴。绍兴的饮食，也影响了上海人的饮食。绍兴的方言，听上去也很亲切。

因为朋友介绍，我才得以与这个农民作家联系。一查，他的作品竟然引起了学者的重视，还举办了专门的座谈会。

作者说："留下点什么？在那个年代，故乡农村老百姓的生活，那些即将被遗忘，或者是已经被扔掉的陈年旧事，我想把它拾起来，掸去上面的灰尘，从纸上展现出来以补缺失，这是我想留下的。"

"经常唠叨一些陈年旧事，女儿、外孙说：'耳朵眼里听得起茧了。'究其原因，大概是年老之人接触的东西不多，新东西见识少了，喜欢翻翻旧账。翻出很多舍不得的东西，不禁让我想起了那过去的山，过去的水，过去的海湾，过去的海边小村庄，还有那几只背破了的木板做的保健箱……"

"然后这些陈年旧事，年轻人不懂也不想听，他们专注的是电脑手机，喜欢的是那些空空如也、虚拟荒诞的游戏。幸好也有'识货'者，认为这就是生活，这些故事有着浓郁的乡味，包含着特定的文化历史。友人向我提出了一个建议，让我把所讲的那些过去的事情整理一番。他的要求是原汁原味，把这些已经罕为人知的事情，用文字写出来，不使这些经历被湮没。"

"改不了年轻时候'不怕'的性格，凭着读过小学的'文学功底'，我不知天高地厚地应承了下来，要把这大半个世纪的一些农村生活经历，亲身体验过的酸甜苦辣、喜怒哀乐呈现出来。如果能够写出来，倒不失为一种乐趣。脑子里暗暗作了决定，反正闲暇在家，不如开笔一试。"

作者用了四篇连载，讲述了她和妻子恋爱的故事，其中有一段特别感人：

"她回上海的一个多月里，我和她是三天一信，往返传递着两地的思念。她诉说了家里给她的压力，这是预料中的困难。至今我感激她对情感的坚持以及有远见的自信和执着，终于她带着胜利的喜悦回来了。她，人瘦了很多，但是她的眼睛似乎更加有神，更加水灵。后来我知道她进行了不吃饭的抗争，虽然没有像有些言情小说描写的为爱奋争的情节，然而我至今记忆犹新。我们虽无海誓山盟，却是无盟的永远。"

农民有心写作，难能可贵。而坚持数年，结集出版，更是少见。在这个浮躁的社会里，信息爆炸，我们更需要留下那些珍贵的时代记忆。

书名：乡野耕心

作者：丁松盛

出版社：上海远东出版社

出版时间：2016-11

（2017 年 1 月 26 日）

顶尖数学天才的日记体自传

　　《一个定理的诞生》这本书是顶尖的数学天才的日记体自传。

　　得到这本书，就想看一下曾经学过的专业，还有一份感情，而且也有不少类似的心路历程。

　　去年读过图灵新知出品的《庞加莱猜想：追寻宇宙的形状》，感触很深，那是一个与世隔绝献身数学、不求名利的奇才的故事，与登山队员差不多，需要勇气和毅力。

　　而今天读的这本书，大部分内容很专业，是研究和讨论的过程，很艰涩。正如作者自己所说的："这条漆黑的小路恰如一个数学研究课题在刚起步时，那种暗无天日的状态。达尔文似曾说过：'数学家就像身在一间黑屋里的盲人，努力想看清一只黑猫，而那只黑猫也许根本就不存在……'他说的没错！无尽的黑暗，就像霍比特人比尔博误入咕噜的洞穴一样。"（第44章）

　　但与众不同的是，这本书里还穿插了一些诗句，甚至有对音乐爱好的长篇描述。特别是在第28章（普林斯顿，2009 年 4 月 14 日）中，他写道："还有音乐，拜托，要是没有音乐，我会死掉。……世上再没有像音乐那样，能快速将人带入忘我的境界。我还清晰记得，当祖父第一次听到我演奏一小段弗朗西斯·普朗克的乐曲时，他脸上浮现出震惊的表情。……我曾多次对音乐一见钟情，无论古典、流行还是摇滚，一些曲子我反复听了上百遍。音乐之美让我暗暗惊叹。……有时，音乐世界与科学世界也会相互交融。那些陪伴我工作的音乐，总能让我回想起自己研究生涯中的重要里程碑。"

我知道，不少数学家都喜欢音乐，特别是巴赫的音乐，是一种对称的美感。

书中还提到不少华裔数学家的名字。例如，在第 22 章，作者提道："席间，我们讨论了很多话题，譬如著名的上海世界大学学术排名，法国政界和媒体对此大加追捧。我同张圣容探讨这个话题的时候，猜想她会有什么反应。张圣容既是世界顶尖级数学系科的教授，又是华裔。她会不会为这个颇具分量的中国排行榜感到骄傲和自豪呢？但她的反应却让我吓了一跳：'塞德里克，上海排名是什么啊？'"

有意思的是，第 7 章还提到作者乘火车去听硬头乐队的演唱会，然后搭女司机的便车回里昂的住所，一路上他和女司机进行了关于蜘蛛佩饰和关于自己数学研究的对话，女司机不收他钱，只想索取一个手写的数学公式留作纪念。

这本书来之不易。首先，数学家喜欢写作的不多，而且做到顶尖的水平，还如此喜欢写作，更是难得。其次，译者熟悉作者的经历和专业，也是做数学的；虽然是第一次翻译，也得心应手，不然难以胜任。对于有志于从事数学研究的学子，很有必要了解数学研究的真实过程。

看了版权页，竟然印了两次，总计6000册。不太明白这样的书为什么有如此大的销量。

书名：一个定理的诞生：我与菲尔茨奖的一千个日夜

作者：〔法〕塞德里克·维拉尼 著/〔法〕克劳德·龚达尔 绘

出版社：人民邮电出版社

原作名：Théorème vivant

译者：马跃、杨苑艺

出版时间：2015-11

（2017年2月27日）

海外华人学者谈西方古典音乐和中国古典诗词

    获得海豚出版社的新书《音乐欣赏随想曲》，用纸考究，印刷精美，图像清晰度高，而且还是毛边书。我有不少毛边书，都是象征性地裁开几页，舍不得全部裁开，尽量找不是毛边的版本阅读。可是这本书，我却在两天之内就都裁开了。读几页，裁几页，很独特的感受。有时候读到兴头，忘记裁书，随手一翻，随着"嘶"的一声，粘连的书页差一点撕破，感觉心疼。

    一个旅居澳洲的学者，宁静、祥和的生活气氛使他能更专注于爱好，而其文学修养，则使他能把西方古典音乐与中国古典诗词进行联想对比。作者不识乐谱，不会乐器，却是音乐发烧友，尤其喜欢单簧管音乐，有比较全的收藏，不少篇章与此相关，特别是电影《走出非洲》里的配乐，是作者津津乐道的，甚至联想到王维的诗句和大英帝国日暮西山的苍凉感。

    作者也提到了音乐与其他艺术门类之间的关系。提到了赵鑫珊、辛丰年、丰子恺。他说："我想，音乐是否也是一座三层的大厦呢？第一层是'旋律–歌唱'的音乐，第二层是'情感–哲理'的音乐，第三层是'智慧–创新'的音乐。"我读着读着却想起了黑格尔的《美学》。

全书按"乐章"来分章节，"序曲"就是序言，"第一乐章"就是第一章，还有间奏曲和终曲。文章的绝大多数，都写于2007年，到现在正好是10年。

作为严谨的学者，谈到夜曲时，就会对夜曲的来龙去脉进行一番考证，甚至还分析了不同语言"夜曲"的用法。在谈到多布尔津斯基的夜曲时，竟然还能读到中国古诗的感觉，想起北宋诗人王禹偁的《村行》和其他古代诗词。每一篇文章的写法也都如此，有作品、作曲家、乐器的详细介绍，自成一体，对于外行人来说读起来也不费劲。一些文章还穿插了自己的经历，各种音乐设备的演变，也是技术史的回顾。

作者有特殊的用词习惯，例如"跟……""面熟陌生"等上海方言用法，都不是普通常见的书面语。

作者关于歌剧的看法，我也部分同意。确实，看歌剧还不如听歌剧，因为演员的形象与角色相称的不多。不过关于故事情节，我认为就不必过于挑剔了，因为我认为，歌剧的情节并不重要，而是一个容器，用以承载美妙的音乐。前几天我在微博里发表过类似的观点，就遭到了歌剧名家的批评，至今记忆犹新。

第十章中的歌词，"Oÿ l'amour sera loi" 应该是 "Où l'amour sera roi"，不知道作者是引用错了，还是法语的方言，我没有来得及考证。

这批文章中的绝大多数，都在二〇〇七年至二〇〇九年上海音乐出版社的音乐月刊《音乐爱好者》上发表过。看来，这本书的出版也不是偶然的结果。书中还提到与上海音乐学院作曲家贾达群教授切磋现代音乐的事情。

中国音乐爱好者的绝对人数很多，而相关书籍却很少，本书是很值得一读的。

书名：音乐欣赏随想曲：在音乐大海中捕捞"漏网之鱼"

作者：徐家祯

出版社：海豚出版社

出版时间：2016-11-1

（2017 年 3 月 24 日）

特色鲜明的艺术图书馆

大帅

艺术类图书馆

安建达 / 绘

改变数学的计算

大家知道我是学数学的，就总让我算数，其实完全搞错了，而且我也不擅长算数。到现在为止，大多数人还以为数学就是算术，根本不知道算术只是数学的很小一部分，而且不少数学家都很排斥"计算"，因为大家都喜欢推理，喜欢证明，那能体现数学的美感。我当时学的专业里，大多数是不等号，很少有等号，所以说，我一般也不关心具体的数字结果。

而《计算进化史》这本小书，却独辟蹊径，以计算为线索，对数学史发展进行了探索。

"我们吃惊地发现，许多公理都可以用计算规则代替。这让我们隐约看到一种新研究计划的曙光：在谓词逻辑中，证明由公理和演绎规则构成；在演绎模中，证明则由公理、演绎规则和计算规则构成。为什么不能更进一步，去掉公理，仅仅用演绎规则和计算规则来构造证明呢？"

在计算科学刚起步的时候，不少学者都是数学专业转行的。我离开数学界那么多年，计算科学发生了巨大的变化，不仅影响了人类的生活，也影响了数学本身。"1976年，数学进入了工具化时代。但是，数学家们使用的工具——计算机并不能延伸我们的感官，而是拓展了我们的思维能力——我们的推理能力，特别是计算能力。"通过计算，过去难以解决的问题，现在都有可能解决，犹如使用了望远镜，人类可以更多地了解遥远天空中的未知奥秘。数学的命运，也就因此被改变。多少年以后，学生们也许会觉得很奇怪，当时的数学家们怎么都不用计算作为工具呢？

数学源自计算，而远远不只是计算。数学发展后推动了计算的发展，而后计算成为数学的工具，甚至改变数学的命运，这是30年前数学家们没有想到的结果。人民邮电出版社的这本小书，从不同角度看数学史，很有特色！

这是一本很理论的数学史读物，但是却采用了活泼的封面设计和小开本，便于随身携带，这在专业图书中显得很另类。因为译者也是数学家，所以翻译用词也有科学家的特点。

该书获得法兰西学术院哲学大奖，欧洲数学会推荐："无论从事何种研究方向的数学家，都该读一读这本书"。

书名：计算进化史：改变数学的命运

作者：［法国］吉尔·多维克

出版社：人民邮电出版社

原作名：Les métamorphoses du calcul

译者：劳佳

出版时间：2017-2

（2017 年 3 月 27 日）

《随想录》版本摭谈

我知道周立民的新书已经半年多了，也参加了他的新书沙龙，可是直到今天才抽空读完他的书。

周立民的这本书，用纸考究，装帧精美，还是异形开本，学术价值和收藏价值兼备。

周立民是傅杰教授的学生，傅教授当时就发现他读书读进去了，有问题意识，一定会有成就。这本书看上去是小研究大问题，可以给今后的历史研究留下蛛丝马迹，时间会证明其价值。

"三十年过去了，想到读书、求学的那些日子，倘若有人问我，什么是幸福时，我可能会回答：买到所有的《随想录》。如今，我基本做到了，我却有些忧伤。岁月像巨浪，冲走了那么多东西，包括我的青春。我在想，为了一本书苦思冥想睡不着觉的日子还会有吗？"

与周博士聊天，才得知他的不少同事都是我的朋友，而且他的办公室也离我家很近，这又是一种新的缘分啊。

最后有一章提到《随想录》的各种译本，可惜没有引用书名。好在有书影，我按图索骥，查到我们大多数都有，正想法找缺漏的。

书名：《随想录》版本摭谈

作者：周立民

出版社：海豚出版社

出版时间：2016-7-1

（2017 年 3 月 28 日）

呼唤音乐图书馆学

得到钱仁平教授的赠书《齐尔品与中国音乐文化国际研讨会论文集》。这个话题我不太熟悉，就翻阅了一下。

齐尔品是俄罗斯作曲家和钢琴家，20世纪30年代在中国居住，对中国音乐教学产生较大影响，也对他自己的创作产生了一定的影响。

其实我更感兴趣的是书中的最后一部分"音乐图书馆学"，都是主编钱仁平教授的文章，例如"音乐图书馆：及其信息馆、博物馆、咖啡馆式变奏"和"时代呼唤着音乐图书馆学学科建设与人才培养"，都是我们之间谈到过的话题，表达了他对音乐图书馆学的期望。世界上各个大国，国家图书馆都有音乐图书馆，而且大学里都开设音乐图书馆学专业。可惜，中国因为历史原因，没有走到这一步。很期待在我有生之年，能看到这个领域的发展，也期待能为之做出贡献。

书中还有一部分"华人作曲家手稿与历史音频研究"，与齐尔品没有什么关系，却是我所知道上海音乐学院从事的一些项目。能从书中了解细节，例如黑胶唱片的保护方法等，很感到欣慰，也颇受启发。

书名：齐尔品与中国音乐文化国际研讨会论文集
作者：钱仁平
出版社：上海音乐学院出版社
出版时间：2016-9

（2017 年 4 月 13 日）

丰富的音乐理论书刊与乐谱馆

馆书图院学乐音的藏

大帅

音乐图书馆

安建达 / 绘

用数学的语言看世界

话说人类看世界有自己的局限，到目前为止也只能认识三维的世界，而每个人看世界都有自己的角度，所谓世界观就是这个意思。

在中国长大的学生，和会法语在法国成长起来的学生，看待世界的眼光肯定不同。那么，如果我们用数学的语言来看世界，会是什么样子的呢？

实际上，宇宙是用数学语言来表达的。如果不懂数学，一定很难理解神奇的宇宙，于是看问题的眼界就很窄，自己眼前的事情还理解不清楚，更何况大时间跨度和大空间跨度的事情。

昨天晚上值夜班时读了人民邮电出版社的这本新书——《用数学的语言看世界》。

该书作者是加州理工学院理论物理研究所所长、东京大学 Kavli 数学物理联合宇宙研究机构研究主任《超弦理论》作者大栗博司，他说是赠给女儿的"私房"数学科普读本。

物理学教授兼职当数学教授，本来就很罕见，而这个物理学教授还偏要写一本给女儿的数学读本，看上去就很不一样，跳出了思维定式，用易懂的语言讲述数学概念，而不是如书名那样"用数学语言去看世界"。作者的思维发散，运用自如，信手拈来。分数、素数、球面几何、微积分等抽象的概念，在其笔下栩栩如生，还结合了宇宙论等物理概念，显得融会贯通。

我第一次知道，"定理"（theorem）一词与"剧院"（theater）同源，是希腊语里的"看"（θεωρέω）。

作者写道："如果把数学当作语言，例如把数学比喻成法语，那么这本书并不是从零开始一步步教语法和单词，而是一本实用的会话集。带上它，你可以去法国旅行，用法语在巴黎的餐厅点餐。甚至服务员在介绍'今日的推荐菜品'时，你能马上理解并判断是否应该点这道菜。或者当你去参观卢浮宫，接触过去那些伟大的作品时，能够提升自己的精神境界。本书中除了讲述数学的实践性应用外，还会讲述从古巴比伦、古希腊时期起数学的发展趣事。"

这本书很值得一读，读了一定不后悔。本来就通俗的语言，配有那么多有趣的插图，数学就一点都不枯燥了。

书名：用数学的语言看世界

作者：［美］大栗博司（Hirosi Ooguri）

出版社：人民邮电出版社

译者：尤斌斌

出版时间：2017-4

（2017 年 5 月 14 日）

签名本和陈子善的《签名本丛考》

久闻陈子善教授大名，还真有机会见面，并获得签名本。

海豚出版社的书就是特别，题名页和封面都用书写体，而且序言的页码编号也用拉丁数字，这在中国出版物中是很少见的。记得过去出版界有一些规定，在海豚出版社来看都不成问题。

这是一本仿皮封面的毛边本。我很喜欢毛边本，就是拿到书以后舍不得裁。如果要仔细阅读，还不得不裁开，实在是很纠结的一件事情。当然，裁纸刀也是要有一些讲究，必须是专门裁书或者裁信封的那种，不能是锋利的快口。不适合的刀会损坏毛边书的样子。而且，裁书的时候，也要裁到装订线的根部，不然如果留一些不裁，下次翻开就会撕破书页。

作为图书馆员，签名本接触不少了，可是第一次知道还有那么多的学问，一定要好好学习一下。这书实际上是之前在报纸上发表过的文章的汇编，所以叫"丛考"。文章不仅对书的源流进行了考证，也分析了赠书对象以及自己与他们的交往，很有价值。

我自己编写、翻译了不少书，自然也会签名送书给师长和友人。20年前送给一个老先生一本译著，老先生作古了以后，家属变卖，这本译著就去了孔夫子网。我在微博里提到这个事情，竟然有一个西北的读者买了下来，我也觉得安心了。

签名一般在扉页（图书馆称为题名页）。但现在也有不少人签在扉页前的前环衬上，也有他们的道理。如果以后不喜欢了，可以把那页撕掉送人或者变卖。不过我认为，这样的做法对作者不很尊重。有些人是随意而为，而有一些人明确就是这样的想法。于是乎，我也经常纠结，到底是签名好还是不签好？到底是签在扉页上好，还是签在环衬上好。对于大家而言，签上自己的大名，以后一定流芳百世，会有不少陈子善教授那样的学者去考究源流。对于普通人来说，这还真是一个问题。

过去出学术书，随便签个名就送人了。现在大家都讲究，签名有一定的格式，还要有钤印。于是，我拿出了30年前大学低一级的学友朱军（一毛）兄刻的"三牛"章盖了不少次。一毛兄说"老底子"的图章太幼稚，也太大了，不好看，还是给我刻一个新的。果然，没有多久，他就给我送了两枚新的，各有特点，非常喜欢。我还买了西泠印社的印泥，确实上了档次。

一毛兄说，不少文人也都用他的章，包括子善教授和毛尖等我都熟悉的名字。

书　名：签名本丛考
作　者：陈子善
出版社：海豚出版社
出版时间：2017-5

（2017 年 8 月 9 日）

用轻松的语言和对比的手法解答了艺术史上的难题

北京国际图书博览会期间，意外收到姜松的新书《博物馆里的巅峰对决》。除了签名，还有吹喇叭的漫画像，真是别致。现在会画画的人多，我看有一些朋友在签售的时候都画画，而我则不擅长这些，也只有羡慕的份了。这次姜松的漫画像很有特点，是喇叭里吹出来的音符。

回到书本身，这是他的博物馆系列之二。之前的《博物馆里的活色生香》很另类，吸引眼球，也获得了成功。而这第二本书则显得更严肃一些，有较多的文字说明。

谈到欧洲的哥特式建筑，我去参观了以后总有强迫症的心理，想了解那些复杂的建筑是如何建造的，特别是穹顶的建造，百思不得其解。查了一些建筑学的著作，也没有相关介绍。一次与姜先生吃饭，他的一席话解开了我心头的疙瘩，而这本书里有更详细的描写，例如牛拉吊车的设想等，都是过去闻所未闻的。还有不少生动的例子，飞扶壁、拱鹰架、鱼骨形砌砖法，都颇受启发。虽然不能完全读懂，但也基本上茅塞顿开了。

作者采用大师之间对比的方式，分析了艺术史中的名作，特别是细节，外行人是不会注意的。通过大师之间的对比，更容易发现他们各自的特点。大师们之间的争论，也是推动艺术发展的一个动力。

艺术史的读物已经有不少，但是大多数太理论性，而且平铺直叙，喜欢贴标签。姜松这种戏说的手法，应该是开创了一种新的风格。而且都是他自己看到过的东西，信手拈来，得心应手，自然读起来不枯燥乏味，读者也会从中受益。

欧洲的博物馆，不少人是走马观花，不容易有收获。姜松有无数次的参观经历，自然如数家珍。

如果我以后有机会重访那些博物馆，对照本书，应该会有更多的体会。

书名：博物馆里的巅峰对决
作者：姜松
出版社：中国青年出版社
出版时间：2017-5

（2017年8月28日）

笑话中的数学：读《数学也荒唐》

总能收到《图灵新知》系列的数学普及读物。这次是法语原版的翻译本，全彩印刷的图书，图文并茂，更易于理解。

书里通过各种从生活中提炼出来的故事，来通俗地解释数学的各个领域，例如几何曲线、拓扑学、数论、概率论、优选法、组合论等，其丰富的插图也便于读者理解。

在"教你数数"一章里，我第一次见到用文字书写出如此巨大的数字：

trilliseptemoctogintaducentillion

而书中举例的有比它还长十倍的数字！

"你究竟有几个冷笑话"那一章开头的冷笑话"因为菌要橙死，橙不得不死"，其翻译很地道，不知道原文如何，反正直译是不可能有这个效果的。

其实原书名更有意思，就是书中的一个章节"小便器优选法"（Le choix du meilleur urinoir）的名称，说的是喝完啤酒后内急又不想旁边有人的男生，如何选择小便器的故事。虽然很搞笑，但也是正式的科研成果，发表在学术期刊上。

寓教于乐，让数学不再枯燥，这就是作者的目的，我想肯定是达到了。

书名：数学也荒唐：20个脑洞大开的数学趣题

原名：Le choix du meilleur urinoir

作者：[法]杰罗姆·科唐索

译者：王烈

出版社：人民邮电出版社

出版时间：2017-8

（2017年9月17日）

遇见即缘分：读《遇见，是最好的礼物》

地球在宇宙中出现是很偶然的事件，生命的出现也很偶然，人类的出现更为偶然，而我们每个个人出现在地球上，而且还能相遇，那简直是奇迹了。

在如此的奇迹下，我们为什么不珍惜这样的缘分呢？简平兄的新书《遇见，是最好的礼物》，就是想表达这样的意思。他认为，"这世上没有比遇见更好的礼物了。"

我和简平兄的遇见，也是上苍赐予的缘分。我们相见、相遇、相知，才出现了那么多美好的故事。从我所知道的简平的经历中，可以看出他遭遇过不少苦难，但是他总从自己的经历中去发现美，去热爱身边的人、事、草、木，甚至还有可爱的小动物，从而获得更多爱的力量去战胜困难，以愉快的心情去迎接美好的未来。

简平的感情细腻，文笔也很优美。所以，他从普通人不太注意的平凡琐事中去发现美，并把它们记录下来。

本书由六十七篇随笔组成，不少都是我熟悉的事情，也是作者平时的所见所思所想。他把遇见作为最好的礼物，用文字形式表达出来，又转赠给我们广大读者。我们可以从他的"大礼"中，思考我们自己如何过一个更有意义的人生。

生活中不乏坎坷，不乏苦难，不乏艰辛，不乏悲伤。在我们这个年代，物质生活已经不贫乏了，影响我们生活质量的应该是精神生活。如果我们珍惜每次遇见，要从平常生活中去发现点滴的美，生活自然也就很美好了。

与该书相配的，还有一些音频和视频，也都是上海媒体界的名家所做。

书名：遇见，是最好的礼物
作者：简平
出版社：春风文艺出版社
出版时间：2017-8

（2017年9月18日）

气象大叔的新作：读宋英杰《二十四节气志》

　　著名气象主播宋英杰老师的头顶有不少光环，大多数人都知道，我就不多介绍了。

　　宋英杰老师的新书《二十四节气志》，与七年前的《哪片云彩会下雨》比，风格迥然不同，显得更有条理，涉及节气相关的各个方面（气象、民俗、文学、掌故、历史、统计），也有南北各地节气的差异，甚至还有各种语言的谚语，严谨不失幽默，把自己平时在微博、微信、博客里的一些感想穿插其间，也自成体系。

　　宋老师是天气预报的第一代播音员，也是绝无仅有的气象专业科班出身的播音员，后来的播音员都绝对无法超越那种境界。他是我们这个年代的象征，比我们小一辈的年轻人都是看他的预报长大的，"我们还能不老吗？"宋老师说。

　　我下手太快了，不然他就给我签名本。和他一起第一次播报的搭档杨丽大美女，早已隐退，前几年还见到过一次。当年的金童玉女，无人不知。

在我们的记忆中，他是"气象帅哥"。而事实上，不管本人是否承认，已经有人称他"气象大叔"了。

宋老师加油，一直坚持到退休啊！不，退休也不要离开，赖在荧幕上不走！不仅要做"气象大叔"，也要做"气象大爷"！作为隔壁邻居，我每次经过华风影视大楼的时候都默默为你加油！

书名：二十四节气志

作者：宋英杰

出版社：中信出版集团股份有限公司

出版时间：2017-10

（2017年9月20日）

为乐趣读书

安建达 / 绘

之禾空间沙龙：读书的乐趣

2017 年 8 月 19 日

下午 3：00—4：30

之禾空间沙龙：读书的乐趣

中国台湾出版人吴兴文主持。

出版人沈昌文先生自我介绍：我 1955 年 3 月 24 日到北京工作，已经 65 年了。现在上海变化快，不认识了。当时我还是"小鬼头"，天天逛马路，现在不认识路。很高兴看到上海变化大。眼睛花，耳朵聋，搞七捻三，感觉自己是一个盎三的老头子，以后没有机会来了。

傅杰教授说：之禾空间是上海环境最好的书友聚会地点。今天不是自己文集的发布会，只谈读书的乐趣。中国人不满意的事情很多，但是认识汉字，在不如意的环境中，好好读书是我们的幸运。沈公热爱图书，"伪造学历"进入出版社。爱书，读书，编书。经常双肩包逛书店，还买书。这是他热爱的生活，很有意义，非常快乐。简平在病痛中坚持写书，保持对图书保持热爱。

吴兴文介绍：小时候逛重庆南路，后来逛牯岭街，以收集藏书票为乐，有幸福感。自己出版《书缘琐记》，用威廉·莫里斯的图案，大家认为风骚。认识了简平后，了解到他担任不少电视连续剧制片，最好的是《大波》，而上海却不让上映。

作家简平说：陈子善一时走不开，我是代替陈子善来的，感觉自己远不如他。我爱好阅读，不然生活更一塌糊涂。读了吴兴文的书，觉得他自私，把自己的书弄得很漂亮。后来他也同意给我设计。原稿不是画，是威廉·莫里斯设计的挂毯。顾犇是我的校友。我的班主任潘德模，后来就带他们，然后就退休了。上海交通大学附属中学被认为是上海四大名校之一，顾犇也是才子，喜欢音乐，翻译音乐史，砖头大的书，令人敬畏。我们一起去沈昌文家，"最贵的房子里藏了最不值钱的东西"。我们想下次去他书房拿书写借条。傅杰老师的雄文四卷，去年读过最好的书，值得陪伴一年。最好的相遇不是人，而是自己喜爱的书。

沈昌文先生谈《读书》杂志的经验，戏称自己是最不正规的出版人：我是学生意出身。北京招人就过去了。上海话讲不清楚，北京话也讲不好，盍三。我人差劲，但是我爱读书。我老想起来广东路的夜宵，因为我们上课时间和妓女上班时间差不多。后来在复兴公园附近上课，受益匪浅，英文老师是牛津大学毕业的丁文彪，绰号丁扁头。当时不少老师，还有汉语老师。宁波老师教"What I can do for you"，"do"发音成"dou"，非常奇怪。我当 boy 的时候，伺候一个李先生，译文出版社编辑，看我埋头学英语，就说现在是共产党天下，还是学俄语吧。于是我就向俄罗斯专家学俄语。我伪造学历，后来都坦白了。五四年被遣返上海，后来我的书和文章出版了。重新回来，工资从 28 元升到 99 元。领导赏识，1953 年翻身，成为出版家。其实我没有学问。我最好一点就是向有学问的人学习。我是滑头模子，盗三得一塌糊涂。

简平：出版界几套丛书推进思想启蒙，《万有文库》绝对位居前列，王云五的图书馆化身无数小图书馆。我人生达到顶点的一段时间，我一个人独得影视行业的三大奖。《媳妇的美好时代》，是总书记表扬的第一部电视剧，出访坦桑尼亚后给予好评。本来下一部要拍，男主角被朝阳群众举报，至今他的作品不能播放。我还有一部作品，受批评了，那是《回家的诱惑》，收视率高，但被批评。那时候整个人感觉是脱缰野马，后来心脏有问题。检查的时候，建议我查胃镜，疼痛难忍。在最痛苦的三个月里，给我带来力量的就是阅读，不然很难走出困境。非常感谢癌症俱乐部的病友。我还保存了北京地质大学一个同学通信的记录。他姑姑来信，说他坚持十次化疗，读了 100 本书的片段。那同学后来读了过去不可能读的人文图书。精神上充实了以后，躯体永远不能被打倒。阅读对人一生有用，不是一时有用。不少家长的想法我无法解释，我认为我们要坚持非功利阅读。我病愈前领导就把李劼人的《大波》任务交给我。我们电视台有 300 多个制片人，为什么选我呢？因为招标要求，要读过这本书，我还写过书评，所以我就得到了机会。目前还没有在上海播出，好事多磨。这也说明读书不是毫无用处的事情。

沈昌文：谈到《书趣文丛》和《万象》杂志，牵涉到与上海的关系。我编过《读书》杂志，创刊一年以后担任管理工作。我能融通各方面关系，不像其他人个性十足，我是小滑头。我买了高压锅，上班煮红烧肉，中午大家就过来吃红烧肉，于是大家都喜欢我。1995 年12 月 31 日退休。退休后发现东北沈阳俞晓群，他说出版社赚钱很多，不想都上交。于是就想办法花钱出书。上海有这样的人物，能做这样的事情。关于《新世纪万有文库》，想法来源于王云五。出版家王云五，按过去的说法绝对是坏人，后来俞晓群找出资料说明王云五是好人。我是张迷，从小就看张爱玲，看小报。我还多次拜访柯灵先生。我想写书谈出版江湖。请客吃饭要投其所好，张中行不能吃上海菜，李慎之吃无锡菜。李慎之建议我出版美国的老书，例如房龙的书，五十万印数，影响大极了。我最大的愿望就是来上海，到过去住过的地方看看，逛一下城隍庙。

傅杰：谈到《海豚书馆》。我认为俞晓群做得太好，于是他当了集团副总裁，就有人贬他也有人挺他。他不喜欢，就找了海豚出版社。继承王云五的风格。当时我们不待见他，过去的东西都玩过了，没有什么新鲜事儿。我们讲究装帧，几万字，也是独辟蹊径。做了六个书系的主编。于是，我们就出版了不少别人没有出版过的东西。我有出版专业硕士生，让他们做海豚出版社的图书概述，当代出版史的好题目。现在商务印书馆都说张元济不说王云五，因为他的历史背景问题，而俞晓群是研究王云五的专家。

俞晓群：有人说我远学王云五近学沈昌文。这几年社会动荡，很难做事。我得益于胡耀邦重用年轻人的政策。沈公保驾护航，让我把文化传承下去。中国文人和知识分子非常伟大，留下那么多可读的文字。王云五为中国文化立下汗马功劳，抗战以后就辞去商务总经理，发明了影印的方法，解决了没有纸型异地印刷的问题。

读者提问：请讲一下"三结义"的故事。

沈昌文：这是俞晓群的主意，要找上海人。我对上海文化非常感兴趣。我在辽宁和俞晓群合作后期，就想恢复海派文化，建立新海派文化。与上海的柯灵等老人家都有来往。始终没有很大的成功。做了很大的努力。在这个过程中，偶然发现陆灏，谈得很投机，他文化水平比我高，知识面比我宽，就是江湖手段不如我，比较正派的学者。各种原因，介绍女朋友，没有成功。可惜我不在上海，遗憾。他还有很大的潜力。他比较古怪，例如在上海不吃油爆虾。他现在还在为海豚出版社工作。

周立民：书的乐趣是不能与人分享的。读书没有时髦，只有个人爱好。不应该有运动性的张扬。工作不能选择，爹妈不能选择，读书可以是个人私密的小房子。让《万象》出生的人和干死《万象》的人今天都在这里，这是很有趣的场合。读流行书和读不完的书很多。可供选择的机会很多。能分享的只是高兴的结果。

陈子善：我也不太读书，就是翻书，看看俞晓群有没有骂我。总有遗漏。所以读书要细读，不要翻太快。今天谈读书，不便谈养猫和音乐的乐趣。包括规定阅读的书也可以谈，例如林选我也认真读过。有中学生问我《钢铁是怎样炼成的》读不进去怎么办，我说也许你现在年龄不适合，以后再读。不然就是与这书无缘。到之禾来读书，显然会有更大的乐趣。

周立民：有一次在深圳，陈子善谈年轻时候如何偷书，主持人想方设法打断，但是陈子善一定要讲完。

陈子善：那个特殊的年代，我们必须要偷书。如果现在特殊，我还会偷书。那个年代，找不到想看的书，还分等级，而且有时候有生命危险。我家还有那个年代偷的书，都是永久的纪念。

（几个月前的活动，到现在才整理笔记，作为纪念）

（2018年2月17日）

北　京

三联书店海淀分店：青春和阅读

　　前一阵有机会去三联书店海淀分店，坐落在五道口拐弯进去一个僻静的小街，写字楼的底商，较大的门面。

　　前门进去，右侧是款台，左侧是咖啡吧，中间的通道把咖啡区和书区分隔开来。看出来咖啡是副业，卖书是正业。

　　咖啡吧台用黑板写的菜单，颇具特色。最引人注目的是中间的黑板，店员用白粉笔画的仿米开朗琪罗《创世纪》，上帝手上拿着咖啡，亚当手上拿的是一本书，寓意咖啡和图书的结合，也有精神和物质结合之意。这样的画作，体现了主人的情趣，也表示了东西方交流的含义，国内难得一见。

位于大学集中的区域，自然读书的都是学生，更显出这个书店的书卷气。在学校附近有这么大一个书店，也是学生们的福气。

在长条形状的空间里，读书的学生都很专注，丝毫没有注意到旁边走动的我。

靠近后门的地方，有一个台阶，方便读者坐着阅读。必要的时候，这个位置也可以作为推介活动的场所，台阶就是观众席，可以坐100来个人，就是一个阶梯教室的感觉。

一个下午的悦读沙龙，主讲、主持、嘉宾、场地的完美结合，令人难忘。

（2016年4月5日）

万圣书园见闻

第一次到万圣书园，喜欢这里的环境，更喜欢厕所的布置，有弗洛伊德的梦的解析的漫画，也有各种性暗示的图片和笑话。咖啡馆里用书名作为饮料，例如《书天堂》(鲜橙汁＋雪碧＋冰块)、《岛上书店》(生姜红茶)、《书之人》(竹叶＋玫瑰花瓣＋蜂蜜)、《生命最后的读书》(普洱生茶)等，想点一个品尝，可惜没有我需要的。

朋友说这个书店是北京市最好的书店，可惜我一直没有来过。我在外地走了不少书店，可是北京的书店确实走得不多，可谓"灯下黑"。书店有若干个区域，风格和布置都不太一样。文学艺术区比较典雅，可惜没有找到我自己的书。门口也有一些书，在门禁外摆放，不知道如何管理，是否有丢失。在北京大学和清华大学两所名校之间，人气一定不会差的。书中间还摆放了一些服装，看上去不是主业，只是为了点缀而已。

（2016年8月31日）

周末逛书店

过年前的最后一个周末，也是仅有的一天周末，就出去逛书店了。

我写的博客里介绍了各地那么多书店。有人问我，北京的书店逛了多少？我不好回答这个问题，因为北京那么多书店，我实在去的不多。因为在北京，我总是忙于各种事务，或者自己的爱好，就很少出门。而到了外地，为了充分利用时间，见缝插针，反而走了不少书店。

因为四号线的交通很方便，我就选择了西单图书大厦。

还是老套的国营模式，装修和管理都是如此。门口入口处显著位置放着领袖的著作，还有服务台和收银台，然后就是各种学术书籍。

到了楼上，大多数区域都是教材、教辅和少儿图书，而其余三分之一的空间被各种出租柜台占领。有时候想咨询营业员，都很难找到。

路过音乐图书区域，只有两架是管乐类图书，而大多数都是各大院校的考级曲目，感到十分无趣。音乐理论部分，也没有特别吸引人的图书。

买到了自己想要的书，也算万幸，因为节日前夕，各大网店已经不能发挥作用，快递员紧缺。

顺便发挥自己的爱好，偷拍各种读书的场景，姿态各异，很有特点。

门口有一个流浪汉，专心致志地背向太阳读书，身后是四五个背包，大概是他的家当。不知道他到这里是为了读书还是为了落脚，反正喜欢读书就是好事。

（2017 年 1 月 21 日）

大年初一图书馆拜年忙

　　大年初一，照例随领导到各个阅览室和办公室去拜年。有读者为了抢先，昨天晚上9点就在门口排队了，前三名获得十本图书作为奖励。

　　一个老读者，是科研人员，也是学者顾廷龙先生的外甥。他曾经是我们资源建设的顾问，每年大年初一都能遇到他，可见他对图书馆的感情。他说，以后大概不会经常来了，年事已高，而且做了手术，行动不便。

　　有幸遇到穿着汉服的志愿者，来自北京理工大学。合影留念，一年都会美好。

　　坚守岗位的同事们，数十年如一日。

　　这次看到不少小学生读者，还有大学生志愿者，感受到书香在教育中的作用。

　　一个上午，顺手拍了不少图片，够用一阵了。

（2018年2月16日）

国家图书馆：国家的总书库

国家图书馆

安建达 / 绘

寻访音乐学院书店

我一直很怀念各地的音乐书店。

上海的音乐书店曾经在人民广场附近，几易其地，目前不知所终。北京的音乐书店由外文书店经营，十多年前就关门，出租房子挣钱了。上海和北京的这两家，过去都是一栋楼，三层或者四层，想要的音乐类书籍都能买到。

去过很多次中央音乐学院，但好像是第一次走西面的正门，进去正好就是书店。

一直听说音乐学院的书店谱子比较多，但是进去一看，大多数都是考级的乐谱，很少有专业的谱子。我特别注意了管乐一栏，书不多，小号也就两种。再看音乐理论，倒是不少架子，但也没有我感兴趣的图书。

这个书店地理位置很好，门面不小，但是面积却不大，也就是一个长条。即便是换专业人士经营，没有那么大的空间，也摆不开。

从门面的招牌看，还是音乐学院出版社的读者服务部，估计主要还是销售自己的出版物。

倒是书店的最里面，有点吸引眼球，那里陈列了巴拉莱卡（俄罗斯）、浪斯培尔（冰岛）、排箫（秘鲁）、树皮号（芬兰）、龙头中式低音文琴等世界各地的特色乐器，个别还有标价。不知道这是用于摆设，还是用于销售的。

　　书店的另一头是卖饮料的地方，显得不太协调。

（2018 年 3 月 25 日）

杭 州

杭州晓风书屋总店

　　杭州晓风书屋总店，看上去也就不到200平方米，分为大众书、古籍、童书等几个区域，不少以书为主题的小摆设和小文具，还有丰子恺作品的衍生产品。

　　农家木制家具，就三四个店员，都在忙碌。

　　浙江省十大特色书店，前一阵总理到过另一家分店，据报道各分店年纯利总和也就几万元，女老板辛苦支撑这些店也是为了文化事业。

　　感觉很接地气，很接近生活。

（2016年5月6日）

杭州图书馆

到杭州多次，第一次到杭州图书馆，这个从不拒绝乞丐，讲究人人平等的地方！

果然名不虚传，各种不同的家具、灯具、墙面设计，有世界各国图书馆的影子，也可以找到书店和家庭书房的感觉，还有一个音乐图书馆。

读者在这里就是家的感觉，家里能想到的摆设这里基本上也都有。看不到工作人员，也不会担心有人阻止你在沙发上睡觉。

"上有天堂，下有苏杭"，这话说对了！杭州图书馆就是天堂。

褚树青馆长当榜样人物，当仁不让！

我不想打扰主人，随意走动更方便。一保安问了一下，说明后就一路畅通！

（2016年5月9日）

杭州万象城里的两个书店：

库布里克和PageOne

杭州万象城里的两个书店：库布里克兼营咖啡和图书，电影类、文青读物、碟子、文创产品，还有港台版图书，特别的是还有库布里克自版图书。整个店被分隔成若干部分，显得不统一。

PageOne书店，与北京三里屯比，面积小很多，而且设计布局单调、老套，店员也比较木讷！

大商场里有两个书店，实属不易！

（2016年5月10日）

读书就是回家：访麦家理想谷

  每到一个城市，总要看那里的图书馆和书店。到杭州出差，只有半天的时间，提前做了功课，选择顺道的地方去走走。

  麦家理想谷，是那天的最后一站，本来计划中如果时间不够就不一定去的地方。打车到那里才发现不是商业区，而是私人住宅，是西溪创意园中唯一对外开放的地方。创意园门口的保安说，里面不是开放区域，如果是读书，可以进去，但是不能摄影，因为之前有住户投诉说侵犯了隐私，有人把镜头对准里面的名人。可是我进去以后，却没有想象中的那么严格。

  我按图索骥，走到门口，室内一个看门的女孩在打电话，我便悄悄地在外面摄影，同时也用长镜头拍摄里面的画面。美女电话完毕，客气地招呼我，才知道里面也是可以摄影的，于是我更肆无忌惮了。不过太着急也不行，需要穿鞋套进入，放慢脚步，以免打扰读者。

网上介绍的是书店，可是没有想到根本不卖书，而是公益性的图书馆。作家麦家用自己的住宅的客厅部分布置成书房，大概有 100 平方米的面积，开放出来，成为一个图书馆，提供读者免费阅读，可以同时容纳 20—30 人。客厅藏书大多数是麦家挑选的文学类读物，夹层提供作家住宿的创作室。四周的墙面或者是书，或者是读者的留言，或者是各种活动的介绍。看似漫不经心的布置，却处处体现了主人的审美和思想。

既然不是书店，当然就免费读书。出乎意料的是，还可以免费喝茶。美女泡一杯西湖龙井，端到书桌上，一下子消解了我旅途的疲倦。

因为创意园位置比较偏僻，能到这里来的不是真正的读书人就是爱书的文艺青年，绝对不会有不良行为，比较放心。

门口桌子上的卡片上写着："嗨，很高兴遇见你。麦家老师说，读书就是回家。在这儿，你可以随意挑选自己喜欢的书籍，抑或来自煮一壶咖啡，尽情享受阅读的时光。这一切都是免费的。"

美女解释到，只要用高于码洋的价格购买作者签名本或者明信片，所有收入款项都用于慈善事业。我很不好意思地说："我不太熟悉作家的作品，能推荐一本吗？"美女给了我北京十月文艺出版社 2014 年版的《解密》，有作者的签名，35元。我用100元买了一本书，还有七张自制内景明信片（成本价2元一张），也算是我对这里环境和服务的一种认可。如果到别处去，喝一杯咖啡也要四五十元，这里还有书呢！美女说，只要加微信公众号，就可以知道以后捐助款项的去向。

出来的时候适逢下班高峰，美女叮嘱我别太晚走，这里不好打车。

回家后仔细品味明信片上谷主麦家的文字：

"二十岁有二十岁的美丽和光彩，四十岁有四十岁的皱纹和诗意。"

"最柔软的是最有力量的。"

"某种意义上，缓慢是成功的捷径。"

"欲望会让你得到最想要的，也会失去最重要的，回首总已迟。"

"小说从俗世中来，目的是要'到灵魂里去'。"

"文学，是心灵的返乡路。"

"读书就是回家。"

文学·梦想·公益·诗意，是这个书屋的主题。"读书就是回家"，是这个书屋的格言！到这里，免费看书，免费喝茶，免费咖啡，无限畅饮，还能邂逅暖男，偶遇文艺姑娘，何乐而不为？回家的感觉加上理想的境界，一定是文艺青年所喜欢的地方。

才知道这个图书馆刚开放不久，网上就刷屏了。我能及时过来，也算是缘分。这是我在杭州的意外收获啊！

（2016 年 5 月 13 日）

把阅读作为一种生活方式的全民阅读

全民阅读

安建达 / 绘

上　海

上海现代书店

现代书店，中图公司上海公司开的书店，浦东嘉里城商场 2 楼，商场的休息区。

有不少外语书，一个少儿角，有亲子阅读的氛围，还有蹒跚学步的幼儿。各种上海特色的文具和礼品，甚至还有小拇指琴。

几十平方米的面积，布置比较雅致。

（2016 年 11 月 21 日）

上海浦东的西西弗书店

浦东嘉里城 2 楼小南国旁边就是西西弗书店，还是那风格，比深圳的更精致，面积倒是小了不少，也就百来平方米。门口的文具部分，有一些复古的书签。店员都在忙碌，也没有人关注客人在做什么。

矢量咖啡门口有四五个读书人，和深圳的布局一样。咖啡馆里是旧上海的风格，各种图片，目不暇接。热巧克力 35 元，经典红丝绒蛋糕 25 元，60 元钱也打发了午餐。在上海新国际博览中心旁边，也是一个闹中取静的地方。书店里播放巴洛克时代的圣咏，咖啡馆里则是轻声的情调歌曲。

看完展览出来，这里是一个非常好的休息场所。与楼下排队看服务员脸色的餐厅相比，乃是天壤之别。

（2016 年 11 月 23 日）

最美的书店

——建投书局

　　建投书店，上海最美的书店之一。慕名而来，本以为是在虹口区北外滩新乐汇这个商业中心里，其实是在外面的广场上，前门和后门都直接通向户外。

　　错层结构，搞不清楚有多少层，看了标号才知道有四层，而且是以一楼和四楼为主。

　　楼下后门是咖啡吧，楼上也是正式的咖啡馆。正门右侧是外文书，特朗普的书在醒目位置。左侧是少儿书。

　　除了图书以外，还有高档文具、进口金属尺、非常精致。

　　走累了，在一楼休息入口处休息片刻。沙发旁的茶几上的牌子，"众筹 Idea，让书店变成你梦中的天堂！"引用了诗人兼图书馆学家博尔赫斯的名言。

　　背景音乐是弦乐重奏曲，与书店的环境很相配。在沙发上坐了十分钟，背后楼梯上都是高跟鞋的声音，看上去美女不少。

突然内急，再上四层，厕所在两侧，堪比五星级酒店，各种方便！

四楼有一个咨询服务台，一个美女在服务台旁边工作。我本以为那是一个读者，而且服务台上的电脑可以自助查询。刚走近，美女就问我是否需要帮助，我只好托词走开。其实我也没有什么需要帮助的，就是想自己检索一下看看而已。

清明时节的阴雨天气，竟然还有暖风！

转了一圈，感觉更像图书馆而不是书店，买书的不多，读书的不少。店主引用了博尔赫斯的"天堂"的比喻，我们可以理解其用意是阅读，而不是营利。

（2017 年 4 月 8 日）

校园里的鹿鸣书店

鹿鸣书店，说是上海最值得去的书店，但是去了却感觉没有传说那么好。

平房，只有一层，三个半开间。除了书架显得古朴，其他都比较简陋。最里面还有一排密集架，还是散开的，不知道什么用途，也许是随时为讲座腾空间的吧。

书店在体育馆正对面，估计人流量很大，不愁没有生意。书店外有一个小院子，也适合举办活动。离复旦大学校园很近，主要服务对象是师生，所以不用太讲究装修。

前台三个老年服务员，说话声音很大，还打电话。

书都是学术性的，还有专用的供货箱子。

前台有简易的咖啡机，墙上挂了鲁迅、钱钟书等大师的画像。

（2017 年 4 月 14 日）

新华一城书集

　　新华书店旗下，新开张的店，在长宁区金虹桥商场地下，走文艺路线。前后都有门，基本上是开放式的。

　　面积不很大，却分成了几个部分。有咖啡吧和文具店，与其他礼品店相通，后门即是日本料理街，品尝各种日本口味。

　　有少儿角，教材和教辅占很大比例，还有各种工具书、英语学习读物和大众小说。

　　面向附近居民，购物群体。也有学生三两成群。

　　出于职业习惯，打量了高层书架上的书，明显是假书，只是装饰而已，不少图书馆和书店都用这种办法。

　　咖啡吧倒是读书的好地方，我看到有读者全神贯注读书，还情不自禁地开怀大笑。

（2017 年 4 月 15 日）

一家书店温暖一座城市

在马当路新天地附近行走，顺路就到了猫的天空之城 Momicafe 概念书店。

这是一个小清新的书店，书店的商品也小清新。看上去主业不是书，而是咖啡吧和纪念品。书签、明信片、（纸浆）造纸术、火漆印章礼盒、手账、猫主题镜子、八音盒等，独特的设计，令人目不暇接。

寄给未来的明信片是一个特色服务，还有法式邮箱，浪漫的情调，少女们喜欢的地方。看到猫的特色书签，10 元两张，一套 12 张，就想买一套。不过看糊涂了，不能确定是否凑齐。请服务员帮忙，找到编号，得到解决。

在书架旁边，有一个老式书店用的活动楼梯，可以上高处取书。虽然一般人不会上去，也有复古的感觉。

"一家书店温暖一座城市"，听上去感觉真好！

（2017 年 4 月 24 日）

季风书园二三事

季风书园，曾经的上海市文化地标，好像还有几百天的日子，听上去有点伤感。

一直存在着的事物，人们都不会太关心。在倒计时的时候，却感觉异常珍贵。

季风书园之前在陕西路地铁站，我回家的必经之地。我母亲在世的时候，很喜欢这家书店，总是问我："北京有没有季风书园啊？"我说："北京有其他书店，也有很不错的，但是没有季风。"

我姐姐在老季风书园里，看到过我当年翻译的图书《知识的拱门》，还拍照留念。

后来，季风书园搬走了，到上海图书馆地铁站，也是必经之地。每次去上海图书馆的时候，我都要在季风书园门口看一下。去年3月，我还在书店里深度体验，写成了博文（"季风书园里的龙井茶"，2016年3月17日）。

我还在书店里找到了我的译著《欧洲的觉醒》，这也是很特殊的感受，因为我在普通的书店是很难找到这种学术著作。

在书店里两次看到我自己的书，于是对它有了一种特殊的感情。

我这几年去上海，走了不少书店，感觉上海的文艺书店欣欣向荣，为什么容不下季风呢？

我不太关心具体答案，随它去了。不管是什么原因，万事总有结束，让它留在我们的记忆里吧。

（2017 年 4 月 26 日）

好久不读

上海长宁区少年宫和长宁区少年儿童图书馆旁边，有一个书店叫"好久不读"（Long Time No Read）。名字听上去很特别，应该也很有特色。

走到那里，图书馆打烊了，只好去书店。书店不大，右边是咖啡吧，左边外侧是用餐区，户外也能用餐。咖啡吧旁边是文具用品，高档的怀旧铜制品，还有口袋乐器，口琴、拇指琴和卡祖笛。里侧有艺术家在布置，大概是沙龙什么的。图书在中间区域，都是艺术类，少量的上海特色怀旧图书。有几个学生在里面读书。

从环境上看，餐饮的功能更重要一些。

（2017 年 5 月 4 日）

知识就是力量

安建达 / 绘

衡山·和集：文艺青年的好去处

按图索骥，到了书店，没有想到离徐家汇地铁站不远。

在衡山坊这个文艺的区域，路口，不难找。

小小的书店，人头攒动，觉得很挤。进去一看，竟然有三层。

艺术、电影、各地风光、纪念品，企鹅出版社的包包，琳琅满目，很适合文艺青年光顾。

图书主要在一楼，很拥挤，书架之间只能一个人站立，需要随时侧身让其他读者通过。甚至书架顶上贴着天花板的空间里还摆放图书。

楼上有各种笔记本和外文书。玛莉莲·梦露、索非娅·罗兰的照片，都在楼梯墙上的醒目位置摆放。橱窗里有古董相机、手表、黑胶唱片，很怀旧的感觉。

一楼有一个小区域可以喝咖啡，延伸到室外，播放着羽管键琴的音乐，非常少见。

二楼和三楼，都有座位，甚至有人在小阳台上读书，背景音乐却相对来说更为热烈。

（2017 年 5 月 15 日）

新华书店静安店

新华书店静安店，离静安寺不很远，门口牌子很多，还有一个艺术书店的牌子。仔细一看，也就是一层的乐谱、收藏艺术等几个区域。乐谱种类不很多，主要是钢琴和歌曲。

门口高悬的乐器标志，开始一直没有看明白，后来才知道音乐主题餐厅的招牌，还有为了说明二层的音乐培训班。

之前看介绍以为是上海书城的分店，其实不是。不过上海书城实际上就是新华书店，这样讲大概也能说得通。

三层是宋庆龄题词的少年儿童书店，还有咖啡馆，亲子阅读的场景，晨光生活馆是文具和礼品店。

四层是电影院。

就这么一个楼，那么多名称，那么多招牌，着实把我给弄糊涂了。

国营书店的经营模式，老人新衣，各种培训机构分

布在各个楼层，一楼还有小电器商店，销售收音机、点
读机等，需要承载的功能太多，貌似都没有实现。

（2017 年 5 月 22 日）

言几又，书言志

路过黄浦区太平桥公园旁边湖滨道购物中心里的言几又书店。

大商场里的书店，走文艺路线。咖啡吧、休息区可以坐几十人，可以做沙龙。

有一个少儿角，旋转楼梯上摆放着各种新书。

背景音乐是贝多芬的交响曲。

今日阅读图书排行榜，非常引人注目。

上方的书墙，我出于职业习惯，总要看一下，发现都是假书，和大多数书店的设计差不多。

还销售怀旧文具，有气味图书馆，也卖咖啡用具。

阅读区显得有点杂乱。

（2017年6月2日）

静安寺钟书阁

久闻钟书阁大名，去年那天去闵行没有找到，非常遗憾。这次去上海，有机会去静安寺新建的钟书阁。

在商场里面，未来世界的样子，白领阅读男女，还有在咖啡馆读书、各种打扮的读者。

背景音乐是法国香颂，甚至还能看到戴法国帽子的美女在咖啡区读书，仿佛身在异国他乡。

门口的玻璃幕墙上刻有各国文字，与铜陵图书馆的风格类似，不过视觉感受不完全一样。

非独立建筑，自然空间有限。在闹市区有这样一家书店，已经非常不容易了。

（2017年6月25日）

上海大众书局

　　福州路上的大众书局，路过很多次，有几次还拍了门面。但是因为福州路上小书店太多了，这个看上去也不大，就没有进去。

　　最近一次去上海，正好和朋友一起瞎逛，就决定进去看看，结果发现别有洞天。

　　一层只是入口，还出租几个摊位，书店主要在二层，空间不小。

　　二层入口，布置成石库门房子的样子，还有店堂里放的皮箱、唱机、打字机等，令人怀旧。

　　店堂被墙壁分割成几个不同功能的空间，自然也有不同的布置风格。咖啡吧区域里，张贴着一些名家的头像，还有名言。读者在这里安静读书，千姿百态，也有练习写字的。

　　明显可见，"低端人口"读书人也在这里找到了安静的地方，席地而坐。有店员在提醒他们坐姿，或者不要睡觉。

门口的条幅告诉我，这个书店的会员超过了1000000，不知道会员是否都是办卡的，还是只算顾客数。

（2017 年 11 月 26 日）

ICICLE SPACE 之禾空间店：
上海最美的书店之一

上海闵行区合川路宜山路口的一家店，在商场里面，和时装融为一体。

说这里是书店，它与普通的书店不同，因为它没有大量的图书可供选择，只是精品，主要是艺术设计和音乐等类别，还有装帧精美的人文图书。

老板说，他的理念，就是给读者提供好书，而不是面面俱到。

一层是时装，二层是书店，而书店的摆放不很密集，非常稀松，感觉空旷，在品位图书之美的同时，也能体验到空间的美。

旁边有几间房间，可以作为沙龙、讲座等用途。

别问老板如何盈利，走高档路线，自然有砸钱的人，只要有人欣赏美感即可。

从某种角度来说，它是上海最美的书店。

（2017 年 11 月 19 日）

绍　兴

绍兴图书馆：有屏幕的地方就有图书馆

　　前一阵有机会访问绍兴图书馆，不仅为其气派的新建筑而赞叹，也喜欢图书馆的设计。各个阅览室的布置都由馆员自己动脑筋设计，自己去采购家具和设备，所以各个阅览室都有不同的风格。特别值得一提的是，顶层的信息共享空间，打出了"让图书馆更有价值"和"有屏幕的地方就有图书馆"的口号，令人耳目一新！

　　江南地区重视文化，也有财力，不少地、县级图书馆都很有看头。

（2016 年 6 月 4 日）

书犹药也

安建达 / 绘

铜　陵

铜陵市图书馆

到铜陵开会，当然要去图书馆参观，更何况图书馆就在会场对面。

很少见到书店与图书馆融合的设施，铜陵市做到了！虽然我是做外语的，但还是感觉外墙外语太多，特别是有大量拉丁文，明显是为了让人产生高雅的感觉！墙体反光，个人不太赞同。

这栋建筑比较复杂。一层是图书馆的入口和少儿阅览室，二楼梯上去的二层却是新华书店。到了三层才是图书馆的主要阅览区域，一直通到五层，有敞开的楼梯连接。

六层是职业技术学院图书馆，俯拍铜陵市图书馆，而九层又是学院的阅览室和市图书馆的行政区域。

保安不让用专业设备拍照，我也不多解释，因为我还是"微服私访"，我不想找他们领导，大家都忙着呢。

图书馆里读书的百分之九十以上都是女生啊！男生去哪了？

有一个创客空间和"创客饮品吧"。

三层阅览大厅有一个通向室外阳台的门，称为阅读休闲区，像咖啡馆的布置，可是却没有任何人。如果天气好，大概会有人在这里晒太阳，可以远眺体育中心全景。

图书馆大门口有一个书香铜都驿站，也属于市图书馆，好像是由公司负责运行的。

后门是新华书店的主要入口，却没有书店的标志，而是一个高高在上的图书馆标志。

在三楼遇到一些佩戴馆徽的工作人员，一问才知道是省图书馆过来帮忙的青年人。这几天市图书馆忙得不亦乐乎，对他们的管理是一次考验。

出租车司机说，这个新图书馆在开发区，很少有人来，地理位置比较偏。不过在学院旁边，平时读者主要是学生，而周末则有不少家长开车带孩子过来。

我在图书馆书店里的餐厅吃饭，服务员都忙不过来，看上去人流量不小。

（2016 年 10 月 29 日）

铜陵市新华书店

铜陵市新华书店（图书城店），很少见到书店与图书馆融合的设施，铜陵市做到了。

书店内部装修很典雅，想方设法用了各种小资和复古的物品装饰，国营大书店能如此就不错了。服务员都是招聘的年轻人，不像大多数新华书店里那样的中老年工人。

夹层和高层手够不到的地方都是假书，我在楼梯上拿了一本确认。

书店里还有美食店和咖啡馆，这是不错的主意。我中午在梦记小吃店吃了一碗鸡杂面，十多元钱。就是等候时间太长，服务员忙不过来，我等不及就自己去柜台取了过来。听旁边的年轻食客说，他们对流量预计不足。

内墙上有各种名著的书名作为装饰，显得不俗，特别是设计者能想到尼采的《查拉图斯特拉如是说》，就已经很不简单，可是那对应的英语翻译我只能呵呵了。

背景音乐不错，坐一会儿很享受，听到《天空之城》《玫瑰人生》等歌曲。

　　书店一面墙上的文字"新：是一种对日新月异的著述，是一部推陈出新的百科；华：是一个民族对崛起的缱绻，是一个城市对文明的渴翼"，是对"新华"的独特解释。

　　在书店的夹层（2A 层），透过玻璃，可以看到三层图书馆里读书的学子。

　　我马上又到城里，路过新华书店（义安大道北段店），和其他新华书店没有什么差别。

　　门面很小，都出租了，一层只有一排架子，表明这还是一个书店。二层比较大，两三个开间，老套的摆设，很少读者，营业员无精打采的。

（2016 年 10 月 29 日）

铜都书屋

铜都书屋，门面不大，却有三层。一层只有收银员，二层没有人，三层却有三四个工作人员，大概在午休。都是教参教辅资料，按年龄分若干区域，打折甩卖！门口有监控。走了铜陵不少书店，发现这里教参教辅资料销售比较好，而学术图书则不太受关注。

（2016年11月5日）

铜陵三联书店

铜陵三联书店在市中心，招牌很大，远处就可以看到，但是门面实在不起眼，不走近绝对不会看到这是一个书店。

地下是文具和教辅类图书，像是大卖场。

一层有两个开间，看上去和原三联书店没有大的关系。看户外的招牌，有"徽韵"的字样，而款台上也有"徽韵三联"的标志，估计是铜陵徽韵文化艺术有限公司下属的单位。其实各地山寨的品牌不少，也可以理解。

店面倒是比较新，或许是刚装修的。书店里摆设比较传统，注意美观不注意空间的利用。

（2016 年 11 月 6 日）

铜陵职业技术学院图书馆

　　铜陵职业技术学院，在铜陵市图书馆的同一栋楼里。据说这楼过去都是职业技术学院的，后来装修后作为市图书馆和新华书店，而六层则是职业技术学院的图书馆。在那里可以俯拍铜陵市图书馆。

　　学院在九层还有几个小阅览室，看上去面积很小，看上去都是教师用的阅览室，不大可能会是学生用的。没有想到已经到中午，找不到人了。主人很友好，让我下午再来，其实我也就想随便走走而已，并没有想打扰大家。我自己一个人在外，总想充分利用时间，根本没有想到已经是中午，而且中午大家还要休息。

　　九层还是市图书馆的办公室和学院图书馆阅览室公用的地方，大家刚搬进来，装修味道很重，不少空间都闲置着。

　　这楼实在很复杂，我从一侧电梯上九层，可是从另一侧下楼却不能到市图书馆，而是到了地下车库。幸亏热心的学院图书馆员坚持送我，才没有走错了，找到上三层的电梯。

（2016 年 11 月 7 日）

为教学和科研服务的高等院校

高等院校图书馆

安建达 / 绘

武　汉

武汉市外文书店

这次到武汉，本来没有逛书店的计划，因为时间都排得很满。

临上火车，行李打包，整理完各种资料，还有一个小时，就在周围找吃晚饭的地方。

貌似没有符合自己口味的地方，也没有地道的小吃店，就只好再吃垃圾食品——肯德基。饭后旁边正好是一家外文书店，就进去逛了一下。

七层的建筑，一到三层都被出租，六层和七层是办公区域和教育培训区域，只有四层和五层是书店。

书店部分称为"图书超市"，事实上也是超市的运作模式，书架上都是各种标牌，指示图书的分类，读者最后到门口结账。我走了全国不少书店，这种经营模式倒不多见。

说是外文书店，只有五层的一部分提供外文图书，柱子上挂着科学家的肖像和名言，其他部分和普通书店无异，徒有虚名。

虽然书店就在商业区，但是读者并不多，有几个学生在专注读书。

（2016 年 4 月 20 日）

郑 州

西亚斯学院图书馆

在河南省，最美丽的图书馆大概就是郑州大学西亚斯学院图书馆了。

这个图书馆好像建成有几年了，但是看上去很新，而且维护得很好。

一个大学里最主要的建筑是图书馆，这也是国际上的惯例。

图书馆里最引人注目的就是各种灯光，甚至连书架都是用发光的玻璃做的。在有一些地方，感觉是在夜总会，而不是图书馆。那玻璃栈道，不仅国内独一无二，大概全球都很少见，正好赶上了国内各个旅游景点做栈道的时尚。还有那四层到三层（主要楼层）的滑梯，感觉是游乐场的设置啊。

这个学院的国际化水平很高，据说毕业生不少都出国留学。而且学校也注重美育，在图书馆门口可以看到来往背着圆号等乐器的女学生，也是一道风景线。图书馆楼前的广场上播放了帕瓦罗蒂的"今夜无人入睡"，广场上的欧式天使号角雕塑群非常引人注目。

因为我们要参观，图书馆里正好没有读者。据馆长说，图书馆里的灯光设备不符合消防规定，被要求整改。正好我们那么多人来参观，费了很大劲才让暂时开一下，我们也算饱眼福了。

图书馆里也就十多个图书馆员（我没有记清楚），其他工作大多数由外包人员和学生助理负责。

可是图书馆旁边有一栋楼的楼顶，有家庭晾晒的被子，感觉与学院的风格很不协调。

（2017年11月10日）

郑州嵩山书局

去郑州，走访了几个书店。因为偶然的原因，到了嵩山书局。

书局在河南艺术中心里面。从地图上看，在不远的地方，于是我开始想步行，后来改骑车，结果还是花了十五分钟，主要是路不好找，曲里拐弯的。

即使是到了艺术中心门口，看到了建筑，想从正门进入，也骑车绕了很长的路。

一身臭汗，终于到了艺术中心。穿过门前广场，走到北共享大厅，才知道书店就在小剧场旁边。

因为在特殊的会议时期，安检特别严格，比北京各种公共场所都严格，甚至超过了人民大会堂。除了检查包，还检查身上，翻来覆去，大概起码有半分钟以上，很差的体验。

进了书局，上下两层，面积不大，敞开的风格，里面摆放了不少三联书店和海豚出版社的图书，甚至有一排专柜介绍沈昌文先生。

与其他艺术中心里的书店不同，这里不销售音像资料。仔细一看，书店对面已经有一家音像店，所以书店也不便重复经营。

嵩山书局于2017年7月开业，是嵩山论坛的附（内）设机构，受命构建传播书香的新型平台，采取"互联网＋书店＋学堂＋论坛"的发展模式，以书立身，以书会友，以书惠民，以书益世。省领导张广智先生爱读书，也为当地的文化事业做了不少事情，可圈可点。

那天正好是邓康延先生在小剧场里讲座，介绍民国小学读本，图文并茂，还有音乐和视频，很有特色。张冠生先生主持并点评，也很出彩。在讲座最后，张先生特意介绍了我这个特殊客人，我只好站起来寒暄几句。平时，讲座可以在书店内举行。

各地的艺术中心，里面都有书店。如果办出特色，需要思考。嵩山书局走出了自己的路，希望能开花结果。

（2017年11月11日）

松社

——也许是郑州最好的书店

一直听说松社是一个文艺的独立书店，而且举办了高层次的讲座，所以我到了郑州一定要去看一下的。

按图索骥，本想找那个商场，而却到了一个电影院，旁边的门就是松社。门口写着请上二楼，可上了二楼，却还要再上去，应该是三楼，实际位置是金水区中州索克影城三楼。

那么长的路途，却不感到寂寞，一路都是各种艺术设计图、讲座海报、还有各种讲座的现场照片，满墙都是。

终于到了书店，其实也就是一个大开间，曾经是电影院的一个小排练厅，或者是小放映厅，现在改做书店。里面还有小房间，可供接待客人或者采访。

书店的门口是咖啡吧，进去是各种纪念品，然后就是书架。一些读者坐着读书，而书架则都靠墙，整个空间显得十分空旷。再往里走，是内部工作空间，看到有人在做访谈，或者是录制节目。

应该说，这个书店不是很适合卖书，倒更适合做讲座。

看见我在拍照，总经理张长征先生就示意我不要用单反照相。可是一聊，却有了共同语言，真是不打不相识，互相留了电话和微信。我把自己关于经营方式的推测告诉了总经理，他却不置可否，大概是不适合回答我吧。谈到业内的话题，都很投缘，只是看他太忙，不停地接电话，我也就主动告辞了。当然，少不了在门口合影留念。

（2017年11月12日）

河南省图书馆

去郑州出差，自然要去河南省图书馆。老图书馆，还在中心区，离郑州市政府、郑州大学、嵩山饭店都不远。

我一般不太喜欢打扰当地同行，就自己一个人抽空去转了一圈，想走的地方都走了，甚至有一些内部工作人员才能进入的地方，我也进去了。走到馆长办公室门口，碰巧馆长出来，问我找谁，我说随便走走，馆长也没有多问。没有想到，晚上还真见到了馆长，聊起下午的事情，都觉得很有趣。

出乎我的意料之外，图书馆的空间已经远远不能满足需要，图书馆的过道上都是书，甚至阅览室的窗台上也都是书。

图书馆的领导说，已经多次申请建新馆，有过方案，但是一直没有落实。

这个局面已经远远落后于国内大多数的省级图书馆，我也直言不讳了。希望他们能受到省领导的关注，早日解决建筑空间问题。

图书馆周围有附属设施，用作少儿阅览室、旅店和花园等，功能齐全。

　　一层的工作区域有工作人员在加工图书，我估计是书店的所在地，后来果然确认了。这是河南省最大的馆配书店，在全国也有一定的名气。负责人田利先生不仅做馆配，还做文创，甚至还写了专门论述馆配工作的专著，是该领域内国内第一本，很有特点。

（2017 年 11 月 13 日）

郑州城市之光书店

——寻找梦想知识分子的地方

去郑州之前，我就做了功课，有一个初步的寻访书店计划，可是没有明确的重点。在松社书店，张总经理推荐我，一定要去城市之光书店看看，他认为郑州就松社和城市之光有特点。

城市之光书店，位于二七区桃源路郑州大学南门，根据卓别林的电影《城市之光》而命名，寻找梦想的知识分子的地方。

一楼是各种碟子，大多数现代曲子，据说是老板从国外带回来的，看上去有特点，不是常规渠道能获得的东西。

楼梯的墙上张贴的是书店历史的回顾。

书店主要部分在二楼，米兰·昆德拉的作品系列赫然在目，还有各种藏书票的介绍。"五星推荐"图书栏特别引人注目，"独立之精神，自由之思想"表达了老板的情趣，有点独立思想的知识分子的感觉，难得。

书店的环境很安静，很优雅。傍晚，只有个别读者在沙发上读书，还有若干情侣，是约会的好去处。

女服务员倒是很热情，不仅不阻止我拍照，还和我聊天。她说，书店不挣钱，也没有得到政府补贴。老板喜欢书，赔钱也干。虽然书店在大学门口，但是买书的大多数是中年人，有钱也有闲，学生经常来，但是买书能力有限。

店内还有一个酒吧，在楼下和楼上都有，叫 Trio Bar（三重奏吧），饮料和小吃都是 20—30 元之间的。楼下部分适合简餐，而楼上部分更适合一边读书一边聊天，读书人的天堂。

各种雕塑，穿插在图书之间，有一些作为书挡，也有一些是标价的商品，把图书和艺术（包括音乐、美术、雕塑）很好地结合了起来。加上酒吧，就把美文、美味、美乐、美感等各种美的事物都包括其中。

从各种海报可以看出，书店经常搞各种活动，肯定有丢书的，还有那么多贵重的雕塑，难免会有损失。

有追求的老板，大概觉得只要能做成事情，损失一些也无所谓吧。确实，寻找梦想的人，都是要付出代价的。

（2017 年 11 月 14 日）

郑州图书馆新馆

郑州图书馆新馆，在离火车东站不远的地方，周围都是高档住宅区。

中午到那里，想随便吃点东西，保安说配楼里就有餐厅。于是我到了配楼，看到确实有餐厅、咖啡馆、健身会所、语言培训中心等机构，可是餐厅却都是高大上，人均消费200元，不是中午随便吃的那种消费。于是只好走远路，到了马路对面，才有比较亲民的东北饺子店，还充满了宗教气氛。

图书馆是新建筑，金属加玻璃，还有不对称性。在大厅两侧，各有不同的功能，一侧是阅览室，另一侧是多功能厅，还有一个郑州好人馆，布置了长期的展览。

阅览室大多数是大开间，除了大厅以外，在阅览室里还能看到多个天井，这个设计是比较特别的。

五层没有完全开放，只有一小部分用于电子阅览服务；四楼有一个角落是书店，看上去设计有缺陷，从消防通道出入没有任何安全措施，我得以随意出入。大厅中间有一个螺旋形上升的楼梯，都被花木堵住，大概是不想让人走，成为摆设。

门口的检查十分严格，图书馆各个部位也不让拍照。在一层的通道上，看到有四个大的投影灯，大概是夜间往玻璃墙上打光用的，夜景应该很好看。

大厅的左侧，是多功能厅，可以用于大会或者演出。可惜那天没有开放，我也没有见到现场。

河南省图书馆一直陈旧，相比之下郑州市图书馆新馆算很不错了。

（2017 年 11 月 21 日）

郑州的我在书店

我在书店，位于二七路大卫城六层，得名于著名哲学家笛卡尔的"我思故我在"（Je pense，donc je suis）。记得武汉也有一家书店，以"我读故我在"作为格言，也很吸引眼球。看来，笛卡尔的名言是读书的象征了。

慕名而去，是在繁华的商场里面的一个角落。逛店走累了，也就自然到了这里。

这是一个咖啡馆和书店结合的范例，休息的时候读书，一举两得。从书店的宣传品可以看出，这个店也是政府"文化惠民"工程的支持项目。郑州市推进文化消费试点工作领导小组办公室的宣传品，写着"你消费我补贴"的字样。有钱好办事，怎么弄都行。

书店布置得有点像梦幻空间。除了正常的书架和咖啡吧以外，还有一个大台阶，估计可以用作讲座的场地，但是平时可以坐人。两个美女席地而坐，轻声聊天。另一个角落貌似休闲空间，那里不仅有休息的读者，也有情侣互相依偎，也许设计者没有想到会有这个效果。

一面大墙上都是垂直培育的植物，给书店带来了绿色的氛围，更接近自然。

门口的小黑板吸引眼球："读书的种种理由：人类特有的神圣权利；书中闪耀着无数恒星；很困难，却很快乐；给狭窄的心一个大的宇宙；有了书在，生命也就有了安全。"

（2017 年 12 月 2 日）

郑州购书中心

郑州购书中心，也就是新华书店。每个城市的新华书店都是最大的，但一般也在设计上最没有特色。

大卫城旁边的郑州的购中心，也很大，也是那种设计的套路，有文具、服装、餐饮、乐器、培训，还有外文书店。不少读者在读书，都是普通的市民，各种姿态，也是摄影的好机会。

其实，在购书中心里面，有一个叫零点书吧的读书俱乐部，会员制，但是要从专门的通道进入，我另外再做介绍。

（2017 年 12 月 3 日）

零点书吧

郑州购书中心的大楼里有一个零点书吧。虽然在一个大楼里，却要从不同的入口，专用的电梯上去，不留心还不容易发现这个地方。

仔细看了说明，是郑州市新华书店的读者俱乐部。

书吧里提供咖啡和点心，除了图书以外，还销售一些生活用品。

书吧外是一个大空间，除了咖啡就是图书，还有其他商品。里面则是比较安静的角落，读者可以在沙发上阅读，也有更休闲的姿势。

靠近门口的地方，有一个小空间，有沙发、桌子和图书，比较雅致，我觉得可以举行小型沙龙等活动。

如果要喝咖啡，会员和非会员的价格不同。会员卡有普通卡、VIP年卡、亲子年卡，会员可以享受不同数量的图书借阅、上网、3D影院观影、定额免费咖啡等服务。

服务员说，如果要进书吧，必须有消费的。我只好点了一杯咖啡，一面休息，一面打量四周。

在琢磨这种收费服务的价值的时候，个人觉得，除了观影和咖啡，其他服务和图书馆没有什么差别。如果喜欢观影，倒是差不多免费享受了其他服务。

据书店的宣传，零点书吧的周边有中英文亲子绘本馆、创意手工坊、形体舞蹈室、3D 电影厅，把孩子"寄存"在这里比较放心。

（2017 年 12 月 4 日）

秦皇岛

孤独的图书馆

——三联书店海边公益图书馆

有机会到秦皇岛，就一定要设法去著名的"孤独的图书馆"——三联书店海边公益图书馆。没有想到也不那么容易进，因为在住宅区里面，需要预约。到了那里，才发现确实是非同寻常，简直是仙境。

也就不到500平方米的面积，有5000册藏书，门口有一个咖啡吧，楼上有一个相对幽静的冥想空间。图书馆的独特建筑风格和自然光采光设计，我就不在这里重复介绍了。整个图书馆有三四个保安负责管理，馆长孟向前先生没有办公室，就坐在图书馆最高处的角落，可以俯瞰整个图书馆的各个角落。

与孟馆长聊天几分钟，得知建筑设计师有独特的考虑，不安装门禁，图书也不贴书标、不用磁条，没有分类，只有藏书印，个别还有捐赠者的印章。我问，如果读者想找之前读过的书怎么办？馆长说，所有书的位置都在他的心中，而且书也不很多，一下子都可以找到。周末三天只对小区业主开放，平时可以接待参观者。

本来，图书馆是楼盘的辅助设施，没有想到图书馆却如此出名，带动了楼盘的热度。

不能以图书馆学理论来衡量这个图书馆，因为这里不需要分类法，也不需要目录。我觉得，这个图书馆应该是居民的休闲空间，或者说第三空间。

（2016 年 7 月 9 日）

秦皇岛沙滩上的图书馆被称为世界上最孤独的图书馆

孤独图书馆

安建达 / 绘

英　国

牛津的布莱克韦尔书店

　　牛 津 大 学 图 书 馆 旁 边 的 布 莱 克 韦 尔 书 店（Blackwell's），有三个门面，分别是图书、艺术和音乐。三个门面都不大，里面却别有洞天，令人眼花缭乱。图书和音乐这两个部分的门面相邻，里面的书库也是相通的。

　　我与布莱克韦尔交往了差不多30年，虽然现在业务日益萎缩，但我还是很喜欢这个书店，有怀旧情结。到了门口，哪怕是进去15分钟，也是要快速走一下，有点朝圣的感觉。我买一些书签和碟子，作为纪念。柜台上显著的位置，摆放着一张2015年的碟子，是牛津各个唱诗班和乐队的精选集，9.99英镑。碟子里只有一首器乐曲，是亨德尔（G. F. Handel）的《水上音乐组曲》（*Water Music Suite*）的牛津版，听上去不太一样。

　　我眼前浮现出20多年前的老板迈尔斯·布莱克韦

尔（Miles Blackwell）和他优雅夫人的形象，那夫人到图书馆门口还抓空中飞舞的柳絮玩。据说他们晚年在家里养了一群羊，在沙发上嬉戏。这对夫妇相亲相爱，差不多同时去世，之后他的叔叔菲立普（Philip）接替，再后来就不知道谁负责，他们也很少来中国了。那年在国际图书馆协会联合会参加会议，大概是在意大利吧，公司还为老员工彼得·梅（Peter May）退休举行招待会，很有人情味.

时间不够，不可能和杨小洲那样在书店里仔细品味！高兴之余，也感到遗憾。

当地华人戏称它为"黑井书店"，与伦敦城里的"水石书店"（Waterstones）遥相呼应。

（2016 年 9 月 21 日）

电话亭图书馆

在约克郡路途经过一个电话亭图书馆。

之前听说过，还是第一次亲眼目睹。

听当地人说，上班族一般不敢住乡间别墅，主要是因为经常有捣蛋的青少年。可是看到这个小图书馆，就觉得这里的民风一定不错！

图书馆也是文明的风向标啊！

（2016年9月22日）

德国把老电话亭改装成图书馆

电话亭图书馆

安建达 / 绘

书　界

新媒体的是与非

　　谈到新媒体，在这个业内我应该比较有发言权。不是我自夸，我有各种社交媒体的账号，涉及博客、微博、图片、读书、视频等等，不仅有中文版，还有英文版，甚至有各种标识号码，业界能和我比的即使不能说没有，也寥寥无几。

　　我注册新浪博客也差不多有十个年头，坚持每天发帖，图文并茂，回头看不乏有价值的内容，都整理成书，也算是"口述史"吧。

　　作为从事信息工作的专业人员，我一直认为需要尝试各种社交媒体。第一是为了了解各种媒体的运作形式，第二是为了宣传自己的工作，第三也有日记的功能。正如我自己开设的个人网站一样，初衷也是为了自己备忘，也供朋友们查阅，至于是否出名的问题，我开始是没有考虑过的。

做新媒体，还可以交到朋友，也更深入地了解什么样的宣传才恰到好处。当然也有不少烦恼，例如经常有不恰当的点评，甚至漫骂。

继博客、微信相继火爆后降温，微信似乎度过了蜜月期。大家对微信的热度远不如以往，而且会惹出一些是非。

我不喜欢因噎废食，基本上继续在尝试大多数自媒体，继续自己的体验，其中的收获自然只有自己才能知道。

我认为，新媒体也是信息工作者的必备技能。做这个工作的人，不能先入为主，不能为了论证一个论题去做研究，只有亲力亲为，才有发言权。不过别人如何做研究我无法干涉，自己用心做好自己的事情。

（2016 年 4 月 19 日）

信息掮客

安建达 / 绘

下水道是城市的良心

7·20暴雨，说是多少年来最大的一次，突显了城市建筑的很多问题，房子漏了，道路淹了，于是大家都评论城市基础设施的问题。

党校同学石楠先生是建筑专家，他点评道："老有人说下水道是城市的良心，也没错啦。不过要我说，公交才真正是城市的良心，因为用公交的人，更多的是普通民众、中低收入阶层、弱势群体，下水道更像城市的泌尿科。"

从这个问题出发，我倒想起了图书馆的建设。其实，图书馆的采编工作，和北方城市下水道差不多。建设的时候，大家都看不到下水道的作用，如果有工人偷工减料，也不会被发现，验收通过以后就万事大吉了。北方本来就少雨，暴雨更不多见，也就几十年一次。到暴雨来临，问题凸显，补救来不及，或者说需要巨大的成本。例如厕所不做防水，等漏水以后再补救，就需要把地面凿开，重新做防水，起码是两倍的成本，肯定还更高一些。

图书馆采编工作是基础业务工作，人多，工作繁杂，需要大投入才能有起色，而且面子上也不明显，所以经常被管理者忽视。懂业务的干部认真，领导不喜欢太较真的人，群众也不喜欢任务太重，两头不讨好。人都是要生存的，适者生存，自然会"逆向淘汰"，越来越多的人不负责，就是不知道图书馆的"大雨"什么时候到来。

我一直引用顾敏先生的话，就是编目员是图书馆的"大厨"，在后台工作，最辛苦，却不风光，无人知晓其工作的辛苦。如果大厨收入低，还整天挨骂，这个餐馆就不会好到哪里去。

城市建设涉及大家生活的方方面面，尚且如此。图书馆的良心，有谁关注呢?

（2016年7月24日）

国外出版社频繁并购

作为日常工作的一部分，我经常要接待国外出版社代表来访，通报机构重组和并购等事宜。

有一些出版社合并，是实质性的，牵涉到业务分工、业务运作方式的变化，当然也涉及人事安排。大家都关心谁当老大，我们希望了解，出版社代表也很希望我们早一些知道。特别是两个出版社合并，不可能两个老大都保留的。此外，还涉及办公场地是否需要合并等诸多问题。

也有一些出版社并购，纯粹是经济行为。就像家里有钱，有人喜欢银行定期存款，有人喜欢理财项目，有人则喜欢股票投资。有的出版社的老板喜欢平稳，有的出版社则喜欢高速增长，所有就会有卖出和买入的事情发生。如果是纯粹的资金运作，企业并购不会涉及业务变化，各级管理人员也保持不变。

中国出版业的资金运作还不太多，所以国内出版社很少有并购行为，我们少见多怪了。

出版社并购，其品牌不变，所以采访工作具体操作没有变化。但是，如果要招标，就会涉及分包问题，不同的出版社分包情况是不同的，所以还需要仔细分析，避免弄错。

（2016 年 7 月 27 日）

BIBF 走马观花

北京国际图书博览会（BIBF）三十周年，规模越来越大，国际展台越来越低调，而国内展台却唱主角。

我上午和下午都有事，只能中午看一个半小时，走马观花而已。户外风大，会场门口的彩旗都倒地平卧。

在一个展位前，工作人员向我推荐时光邮局，感觉有创意，不少朋友在朋友圈都有提及，但是我对十年以后公司是否存在，或者即使存在员工是否能保持工作延续性没有信心，也不能确定我的联系方式在十年以后不变化，也就没有写信，更没有留地址、邮件、电话。

我很喜欢法国和德国的一贯风格，俭约而庄重，人气一如既往。

童书越来越看好，不少展台都把童书作为重点，甚至还有教材的专门展区，所以同一个出版社可能分散在几个区域都有展位。

人民音乐出版社出版国家大剧院院长陈平的新作《剧院运营管理》吸引眼球，安徽展台比较豪华，展台后面一排倒地休息的伙计们辛苦了。

中国出版集团展台看上去和去年完全一样，悬挂着商务印书馆的名家作者的头像，感觉缺少新意。其他展台都没有遇到熟人，分析原因：一方面中午大家都吃饭去了，另一方面昨天大领导刚来，出版社领导们大概都如释重负。

走到海豚出版社，看到熟悉的封面设计，还有熟悉的作者和熟悉的作品。才了解到复旦大学的傅杰教授一下子出版了五本书，有点意外。之前见到他的时候，知道有新书，没有想到那么多。

东欧主宾国的展台很艺术，各种插图、漫画作为背景，颇有特色。

绍兴市也有独特的文化展，当然有黄酒和五香豆。

感觉这次语言种类很多，有东欧 16 国，更有阿尔巴尼亚等国家。

中国图书馆配区占了半个展厅，规模可见一斑。

时间太短，我都无法逐个品味。

8 月 23 日的 2016 年北京国际出版论坛、第十届中华图书特殊贡献奖新闻发布会及颁奖典礼，8 月 25 日的第八届中国图书馆馆长与国际出版社高层对话，都无法参加，甚为遗憾。还有一些大使馆的招待会，希望能有时间参与。

虽然博览会刚开始，我也只好说明年再见了！

（2016 年 8 月 25 日）

德国大使馆招待会

最近频繁出入各国大使馆，去了法国使馆和英国使馆以后，昨天去德国大使馆，参加公使艾睿赋（Christophe Eick）博士邀请的自助餐招待会，庆祝北京国际图书博览会召开。

这是每年的保留节目，是很好的交流机会。

德国大使馆最近做了内装修，大厅的装饰远看是德国地图，细看却是貌似烟头的烧焦的纸卷，有密集恐惧症的人大概不习惯。杯子也玩出花样，一张大图上罗列各种杯子，作品名为"Glas für Glas"，作者 Peter Dreher。厕所里那种谁都不会用的外拔式水龙头，也改成了我们常见的上下左右的开关！

出席招待会的主要是各国出版界人士和外语翻译界人士，几次去都可以见到几个熟悉的面孔。

德国向中国输出版权居全世界第一，而位居第二的德国向西班牙输出的版权则差很多。

歌德学院和德国信息中心的关系很复杂，经过几次解释，还是记不清楚，总要弄错。

参加招待会，其实很期待吃德国美食，特别是烤肘子、香肠和啤酒，可是他们为了适应中国人口味，中国菜比较多，每年都有烤鸭，只有西式的土豆泥和点心不错。希尔顿饭店的服务水平貌似也不很高。

　　去德国大使馆的路上，经过瑞典大使馆，没有想到那里也有一个小型的会议，是"北欧文学和翻译研讨会"的相关活动，翻译莫言作品出名的陈安娜女士也在那里，回来的时候看到微信朋友圈里有介绍。朋友建议我多参加一些类似活动，我实在无法分身了。

（2016 年 8 月 27 日）

博睿学术出版社的笔记本

博睿出版社面向国际化，其选题涉及诸多国家，包括大量中国学文献，覆盖宗教、历史、语言、文化、艺术、法律等领域。

整理办公室，发现自己已经收藏了不少博睿学术出版社（Brill）的笔记本，相同规格（90×145），正好放进口袋，不同时期发行，不同设计，很有艺术价值，特此向大家介绍。当然，我没有商业目的，只是喜欢这个出版社的书，也喜欢他们的设计。

2009年设计的笔记本，中文出版社名由湖南娄底一个叫 Shu Zhongru 的书法家写的，其中文名字无从查考，等待出版社内线解答。

2017年新款，封面设计细部取自荷兰画家卢卡斯·凡·莱顿（Lucas van Leyden）于1531年创作的三联画作《耶利哥盲人的治疗》（*The Healing of the Blind Man of Jericho*），俄罗斯圣彼得堡艾尔米塔什博物馆藏品 GE 407。

还有一个笔记本封面设计细节取自瓦斯·杜拉多

（Vaz Dourado）于 1571 年绘制的远东地区的波特兰型海图（portolan chart），转引自《1800 年前欧洲印刷日本列岛舆图史》（*Japoniæ insulæ: the mapping of Japan: historical introduction and cartobibliography of European printed maps of Japan to1800*/Jason C. Hubbard, ISBN 978-90-6194-531-4）。

安德烈·凡·德·瓦尔（André van de Waal）为出版社设计了不少笔记本，我最喜欢的是他设计的一款，封面是各种符号和数字，其中当然也有中文数字。因为我从事外语工作，对这种设计有特别的亲切感。这是我收藏该出版社笔记本中的第一本。还有一种汇集了 Brill 字体中各种稀奇古怪的字符，绝大多数都没有见过。博睿出版社自己开发了一套字体，也叫"博睿体"（Brill），由 John Hudson 负责设计，涵盖带所有发音符号的拉丁字母、希腊字母和基里尔字母，每个字库（罗马体、斜体、黑体、黑斜体）都有 5100 个字符，可以表示古今各种文献中的文字，与 Unicode 等国际标准兼容。

他设计的笔记本，还有素材基于各种图书，例如：*Flags of the world*/edited by H. Gresham Carr. — London，New York：F. Warne［1953］（《世界各国的旗帜》）；*De uitlandsche kapellen voorkomende in de drie waereld-deelen Asia, Africa en America*/Pieter Cramer.　— A Amsteldam，Chez S. J. Baalde；［etc.，etc.］1779—82（《亚洲、非洲和

美洲的奇异蝴蝶》)。后一种是伪造的一种新发现的蝴蝶
（Papilio ecclipsis）图案，可见学术不端行为自古就有。

　　管窥见豹，笔记本折射出企业的文化，也让我们了
解不少文化知识。

（2017 年 2 月 7 日）

图书馆员大多是杂家

杂家图书馆员

安建达 / 绘

纪念王菡老师

　　星期六（6月24日）晚上，我问了同事有关王菡老师的病情，没有想到她就是在那天去世的。

　　王菡老师1951年出生，学历史专业，从事文献研究多年，本职工作是编辑。

　　她于90年代调到国家图书馆，后来就当了很多年的编辑。特别是她担任《国家图书馆学刊》常务副主编期间，因为我一直是学刊的编委，我们有比较多的交流。虽然她的工作偏研究性，但是对图书馆的业务发展却有自己独到的见解。与她交流，受益良多。

　　退休以后不久就患病，一直与疾病抗争了七年。曾经有一段时间，病情有好转，她还多次去外地参加学术活动。

　　这几年，她已经不能行走。她先生每天用轮椅推着她在院子里散步，我见到就会寒暄几句，每次都微笑着示意。她先生说，她不会说话，但是心里都很明白。他们俩的身影按时出现在小区里，非常感人。

他先生说，根据她的遗嘱，不搞告别活动，让她一个人安静地走吧。

（2017 年 6 月 29 日）

视听服务中心筹建中

自从国家图书馆二期筹建那几年起，音像阅览室就关闭，一直到现在，也有十来年。最近要考虑恢复，成立视听服务中心（暂定名）。

筹备的方案，大概是要包括视听资料、乐谱等，也要有音乐普及类的活动。

当时音像阅览室关门，虽然不很妥当，但也是形势所迫。现在重新开放，还有各种问题，也是顺其自然，此一时彼一时罢了。

本人认为，既然视听和乐谱都在里面，还不如叫"音乐图书馆"，这个国际化的名称，世界各国都有，唯独中国不受重视。不过有专家反对，也只能由领导决定了。

新进了一批黑胶唱片，难得的东西，也是新的课题，需要研究如何处理、加工、保存。前天临时一卡车过来，忙得手忙脚乱。然后就是调研，需要考虑编目格式、验收标准、存放设备。这东西娇贵，需要立放，还不能叠放。也怕书库万一跑水，不能放地面。所以，书库里暂存的箱子都需要往书架上放，高度不够就临时拆除书架的隔板。折腾了一个中午，总算搞定。没有现成的设备，人家借给我们一个，很酷的外形。在欣赏音乐的同时，也了解了黑胶这种特殊的载体，及其各种规格。

前几年，我亲自采购了一些著名作曲家的全集的总谱，这次也派上用场了。以后乐谱会更多，就是整理起来麻烦，有特点。

手头还有不少事情，期待新阅览室的诞生。

（2017 年 7 月 20 日）

音频视频服务的馆员

安建达 / 绘

北京书展一日

　　一年一度的北京国际图书博览会（BIBF），按理各种活动从星期二（2017年8月22日）就开始，可是我今年各种事情太多，也就压缩了一下，只参加开展后第二天（24日）的活动，迟到两天开启BIBF模式。

　　我从第二届开始就一直参加北京图书博览会，见证了其发展过程，现在第24届了，越来越大，大概是想赶超世界水平。

　　昨天上午参加第九届中国图书馆馆长与国际出版社高层对话论坛，由中图公司和中国图书馆学会专业图书馆分会等机构联合举办，有一定的学术性，也有信息量。主持人对每个发言都详细点评，很用心，能体会到他非常辛苦。

　　开会过程中，出于职业习惯，发现背景板上几处小错误，已经向主办领导反馈，感觉自己是强迫症患者，虽然不是处女座的。我不是想砸谁的饭碗，不吐不快而已。后来协办方看到我的微信，与我沟通，我也告诉了他们我的想法。其实中国人对英语不很讲究，应该是

99%的人都不会注意标点、空格、单复数的细节，我有点吹毛求疵。如果冒犯了谁，请多包涵！

有一个专家发言，提到国外图书馆员对大数据的关注远不如中国。中国人有点头脑发热了。这个观点我完全同意，可惜我们没有话语权，有人提策划报告，领导批准实施，已经成为各级战略，我们就不便反对了。这话糙，得罪人，抱歉了！这专家穿T恤衫，一听就是搞技术的人，不是技术官僚，也不多见。大数据这个概念新颖，其实所要做的事情，都是过去从事计算机工作的人一直在做的，无非是换一个新名词吸引眼球。图书馆员需要做的是积累数据，大数据分析则是IT行业人的事情。如果图书馆IT人员整天发扬娱乐精神，而自己图书馆的计算机系统却总是有问题，就应该认真反思一下了。

下午去展会现场，可是一到就是各种活动和约会，没有自由，到三点以后才能到各个展位去走。因为着急，朋友带我从贵宾接待室进去，不用安检，节省了时间。看到了红地毯，是上午领导走过的地方。我只是着急，抄近路，不敢僭越。领导去了哪里，红地毯就在哪里终止。

在一个仪式上，某领导发言用英语，大概觉得自己的英语水平在同僚中比较出色，需要表现一下。但我们在台下感觉不符合惯例，不便多评论了。

说是一天都给博览会，其实也就一小时自由时间走马观花。商务印书馆和海豚出版社必须要去的，都有合作，而且是绝对的品牌。

这次博览会规模空前，也觉得有点奢华。特别是国内出版社，非常气派，占了很大的空间，还有文创、绘本、游戏等展位，穿插了休闲内容，适合带孩子过来。

我还是特别喜欢德国展位，低调而不失大气，不愧是出版大国，也没有时间久留。

晚上荷兰大使馆有博睿学术出版社北京办事处的成立仪式，因为有其他事情我就没有参加。这个出版社出版了不少一流的东方学著作，也做了很好看的笔记本，我都收藏了。

（2017 年 8 月 25 日）

字母纠错问题

前天在 BIBF 的场外论坛上，我指出了背景板里的一些小错误，貌似别人有点尴尬，大概认为我太认真了。

昨天发现新买的《论巴赫》里有排版错误，就是引用德语原文的时候，把德语字母 ß 都搞成希腊语字母 β 了。例如正文第 7 页第二个脚注里的 "Färbefaβ" 应该是 "Färbefaß"。这两个字母看上去差不多，我觉得稿子应该是译者审校过的，译者会德语，也没有发现出来。其实我自己读书也没有那么认真，不会刻意吹毛求疵，但是长期做文字工作，对字母有特殊的敏感，看了觉得别扭，就认真对比一下，发现问题了。

太认真会引起别人尴尬，例如最近我了解到一个单位的舆情事件，处理起来也很头疼，我表示同情。我一个做外事工作的朋友认为，有一些小事情差不多就行了，不必太认真。

但是这样的小事，不认真也不行的。从小来说，书写是否符合规范，体现了人的素质。中国人也许不注意，外国人看了，就会知道做这个事情的人是什么样的素质，办这个事情的单位是什么样的水平。

从大来说，放在数字环境下，不同的字母，其代码是不同的。ß 和 β 是不同的字母，如果放错了，用计算机检索就找不到。

2002 年，我们刚开始使用 Aleph500 集成系统做编目的时候，有同事觉得拉丁字母（英文）A、俄文字母 A、希腊字母 A 看上去都一样，可以通用。后来才发现，用错了字母就检索不出来，排序的位置也完全不同，于是把所有做过的编目数据都重新修改了一下。这个事情在我脑子里记忆犹新，现在同事们习以为常，也不会想到过去会出现这样的问题。

（2017 年 8 月 26 日）

职称答辩和业务学习：
兼谈梁思庄和穆麟德藏书

昨天一天，都花在职称答辩工作上。上午看材料，下午正式答辩。

答辩不仅是考别人，自己也会有收获。

提问中碰巧得知，我们西文善本珍藏的穆麟德（Paul Georg von Möllendorff）藏书是梁思庄编目的。在我印象中，梁思庄在北平图书馆工作没有几年，很感慨她竟然编目了那么多珍贵的文献。据说梁思庄奠定了我国西文图书编目的基础，我想查有关资料考证一下。那批书过去是普通图书里比较珍贵的，现在都入善本了。

我们前几年把回溯数据都做完，这几年善本的同事们在做后期的处理。一件事情，经历了半个多世纪，我自己也经历了10多年，感慨万分啊。没有想到，善本的同事还定制了函套，而且是每本书不同的定制，听着都觉得复杂，做起来不知道有多麻烦呢！

下班前再去拍摄了当时的目录卡片，也算留念了。

历史记录非常脆弱，稍纵即逝。记得多年前见过目录卡片里有张申府亲笔用小楷书写的记到目录卡片，后来回头去找，再也没有看到！

补记：

我在微信和博客里发了感想以后，不少朋友提供了补充信息。我花了一些时间检索有关梁思庄的文章和档案，可惜能查到一手资料非常之少。如下两篇文章可供参考，信息量很大。

1. 林明　王静："梁思庄　我国现代图书馆事业的先行者——纪念梁思庄先生诞辰 100 周年"，《大学图书馆学报》2008 年第 5 期：

"还要提到的是，梁先生创建的东方学专藏目录是有其渊源的。1931—1933 年梁先生在北平图书馆工作期间，曾主编穆麟德藏书目录。穆麟德（P. G. von Mollenderff, 1848—1901）是德国著名东方学家、汉学家。穆氏在华 30 余年中，最大嗜好就是购置中国的古籍及有关东方学和中国学的西文图书，自己有一个专藏，死后藏书捐赠给北平图书馆。这批有关东方学的 3000 多册西文图书，内容有哲学宗教、文学艺术、地理历史、工具书等专著，很有学术价值。梁先生对穆麟德藏书进行分类编目，并在索书号上端加一大写字母 M 标识，北平图书馆将穆氏藏书辟为专藏，并编印了一册书本目录。"

（作者告诉我："北大档案馆梁先生的档案袋里内容很少，工作人员说当年（"文化大革命"?）的原因（应该）梁先生的大部分档案是在海淀公安局（记忆不准确了）。穆氏藏书是在梁先生评职称的档案里，她自己填的表格上看到的。当时很感慨，那么有水平的图书馆专家，评职称的内容写得那么少。但是穆氏藏书算是一个收获吧。"）

2. 刘东元："北京图书馆西文'中国学'图书专藏缘起"，《北京图书馆馆刊》，1997 年第 3 期：

"北平图书馆领导曾请已故北大图书馆馆长梁思庄女士为穆麟德和普意雅二氏捐赠的图书进行分类编目，辟为专藏。在每种书的索书号上均加以标识，穆氏专藏的索书号上端加一 M 标识，普氏专藏的索书号上端加一 B 标识。又为穆麟德专藏编了一册书本目录。"

（2017 年 9 月 6 日）

技术史随感之随感

现在工作太忙，很少写论文了。碰巧有杂志社约稿，还不限体例，不限字数，不要求参考文献，这倒是很另类。

积累了 30 年的体会，断断续续写了几年，浓缩起来也就几千字，竟然还能打动同龄人。

这几天为了配图，翻箱倒柜，倒是发现了之前没有注意到的东西。

特别是那张 NEC 的软磁盘，8 吋，写明记录长度 256 字节，就是不知道磁盘容量多少。现在还收藏这个的大概少得可怜。

还有三个不同公司出品的图书馆 MARC 数据光盘，绝对不会有人收齐。

还有那英语、法语、西班牙语、德语的可供书目（在版书目）光盘，全中国大概也只有我有。

国际图联（IFLA）的离线网站光盘，估计大家都没有听说过吧。

那日立 1700 型光盘驱动器，是内置式光盘驱动器出现前最好的产品，它配的保护套，完全是三时软磁盘的插入弹开设计，现在全中国也没有几个人有了，大家不会想到光盘插入驱动器前还会套一个套子吧？

还有那个姓施的德国马头出版社的软盘总目录，我有三时和五时的两个版本。我大学里就读马头的书了，情有独钟，现在的简化马头我也不喜欢。马头出版社的崔美女如果需要，开个价码吧。

顾犇．技术史随感［J/OL］.图书馆论坛 2017（2017-09-06）［2017-09-06］. http://kns.cnki.net/kcms/detail/44.1306.G2.20170906.1451.002.html

这篇文章去年写的，积累了几年，浓缩了三十年的体会。

年初投稿，11月刊登。编辑怕我着急，优先知网发布了！谢谢！

我没有写文章的任务，也没有压力。有另类编辑约稿，自得其乐，希望大家喜欢。

目前看是打动了同龄人，不知道青年朋友们是否喜欢。

口述史范畴，三十年以后肯定有意义！

图有其表兄读了我的文章以后，认为"与之前技术史的专栏文章不同，这次书蠹精带来的是个人化的技术史，在这里面可以看到技术在这三十年对个体工作和生活的影响"。

不过他的点评不全面，我的文章的一部分也是集体的记忆。即使以后有人写馆史，也不会这样写的。如果我不写，这部分记忆就会丢失。

（2017 年 9 月 7 日）

数字图书馆

安建达 / 绘

转型时期的图书馆员的各种生存方式

图书馆的未来到底是什么？在数字技术的冲击下，大家有恐慌心理，于是就出现各种设想，颇有不少图书馆员或者图书馆学者在未雨绸缪。

早在十多年前，就有不少大学图书馆系纷纷改名为信息管理系，一方面为了时髦，另一方面也是为了学生就业有更广泛的选择范围。某大学因为某网站老总是系友，就总是说学图书馆可以做 IT，可以发大财，结果图书馆学系毕业的学生，大多数都不做图书馆。

后来时髦数字图书馆，于是技术专家为了提高自己的地位，就说以后图书馆被技术取代，图书馆基础业务工作都可以外包，于是，不少图书馆的基础业务部门纷纷外包，削减编制。

为了未雨绸缪，为了打强心剂，图书馆纷纷创新，搞展览、讲座、创客、阅读推广，貌似这才是图书馆的未来。于是，图书馆用这种方式吸引领导们的注意，也吸引了公众的眼球。有时候领导们觉得不错，就反过来肯定，于是就成了某地某行业的战略。

特别在大学里，图书馆的存在性受到怀疑，编制不足，经费不足，职称不受重视，于是有图书馆员靠搞科研，与教学院系拼科研成果，这看上去也是一条出路，不过貌似基础业务更被边缘化了。

举例来说吧，对于歌剧院，如果大家纷纷说以后歌剧院就不唱歌了，要重视院内负责伴奏的交响乐团，要重视舞美灯光，要重视导演，那歌剧院的末日也就快到来了。本来不是歌剧院的事情，为什么要叫歌剧这个名字呢？

图书馆的未来其实都是未知数，靠我们大家自己去创造。怎么做？拼资源，拼服务，拼创新，拼科研？各种类型的图书馆情况各不相同，也许本来不该毁灭，如果过于着急，追求时髦，就会用自己的创新成就了毁灭，或者加速了毁灭的进程，无异于饮鸩止渴，慢性自杀。

即使是毁灭，也是图书馆人自己在为未来挖掘着葬身之地，等着别人从后面一脚把你踹到坑里去。

一个朋友的点评很有意思："他们警告图书馆将亡，发起救亡运动，然后杀死图书馆。"

另有一个网友点评："好像有这么一句话，不发展是等死，发展可能是找死。"

（2017 年 9 月 27 日）

中国图书馆采编工作人员都是超人

中国图书馆采编工作人员，与其他大多数国家的图书馆员都不同，可以说都是超人。

为什么呢？因为他们：

要有足够的体力，才能搬动整箱整车的书；

要有足够的脑力，才能看懂那么多学术图书；

要有足够的精力，才能完成每月的工作任务；

需要四五年才能基本掌握的采编技能；

要有足够的记忆力，才能记住那么多编目字段和各种分类法；

需要熟悉自己负责的语言；

需要了解各种学科的知识；

需要学习政治，知道什么书适合什么书不适合入藏；

还需要与国际交流，了解最新的国际标准；

还需要有组织能力，举办各种学术会议；

还要写书写文章，占领业内制高点，为自己前途打基础；

还需要创收，养活自己，因为采编人员的工资永远都是图书馆里最低；

你说，他们不是超人是什么？

（2017 年 11 月 7 日）

行万里路的基础是读万卷书

作为图书馆馆员，和书打了一辈子的交道，对书籍的外表、内容、制作流程、阅读和推广、保存和服务等环节，应该都比较熟悉。回头看来，读书改变了我的人生，我也改变了图书。

我从小就喜欢读书，也喜欢学习各种外语。到了大学，虽然读理工科，更是博览群书。本来读书是为了找到科学发展的规律，更好地从事科学研究，可是读书一发而不可收，越来越广，涉及人文社科各个领域，所以对本来专业的兴趣也就淡漠，逐渐爱上了人文学科，想从事社科研究。而到图书馆工作，则是另一种机缘。到了图书馆，当然主要是图书馆工作，没有时间大量读书，只好利用晚上时间，不是读书，就是写作，经常到深夜。

爱因斯坦一直是我最崇拜的科学家，不仅是因为他做出了伟大的成就，而且还因为他不是偏才，而是全才，并且关注各种社会问题。除了读他的相对论等著作，也读过他的文集。他在《我的世界观》里谈道："要追究一个人自己或一切生物生存的意义或目的……

我从来不把安逸和享乐看作生活目的本身——我把这种伦理基础叫做猪栏的理想。照亮我的道路，是善、美和真。"这话一直鼓舞着我不断进取。

库恩的《科学革命的结构》一书，不仅使我从全新的角度来看科学发展中的规律，还给我们从不同的角度来看问题。甚至他提出的"范式"的概念，对当今图书馆学也有很大的影响。

我一直珍藏着罗曼·罗兰的《名人传》，它使得我能与历史上的伟人近距离接触，了解他们的思想和生活方式。特别让我感动的是《米开朗琪罗传》中的："伟大的心魂有如崇山峻岭……我不说普通的人类都能在高峰上生存。但一年一度他们应上去顶礼。在那里，他们可以变换一下肺中的呼吸，与脉管中的血流。在那里，他们将感到更迫近永恒。以后，他们再回到人生的广原，心中充满了日常战斗的勇气"。这与中国古代"取法于上，仅得为中，取法于中，故为其下"的说法有异曲同工之妙。

我读了不少毛姆的书。中国人汇编毛姆的《书与你》，是一本读书指南，为我打开了一扇窗户，是我在西方文学名著领域的入门书，也教会了我各种读书方法。他的《月亮和六便士》描写了艺术家的生活和异国情调。他的《人性的枷锁》，在我青年时期的精神世界成长中起着非常重要的作用，帮助我走向成熟的道路。

读书改变我的兴趣爱好，读书也有助于我热爱的学术翻译工作。我翻译了历史、哲学、音乐学、图书馆学等领域的学术著作，不仅靠我的语言能力，也因为我博览群书，才能胜任这样的工作。特别值得一提的是，我于1999年出版的译著《简明牛津音乐史》，洋洋洒洒128万字，呕心沥血，也得到了读者的认可。

图书馆专业书读多了，业务工作也得心应手，于是就经常有参加国际会议的机会，少不了旅行。过去是随身一本书，飞机上读了睡，睡了读，一点都不觉得无聊，十几个乃至二十几个小时一下子就过去了。而旅行中则会遇到各种各样的问题，需要图书来解疑释惑。例如，到了欧洲，就会对古代建筑的结构产生好奇，需要阅读建筑和艺术类图书；到了南美，看到印加文明和玛雅文明的衰落，看到不同文明之间的相似，逼着我去阅读了人类学的图书，也更深刻地认识到"落后就要挨打"的道理。

古人云，"读万卷书行万里路"。本来，行万里路的基础是读书，不然，怎么与国际交流呢？学了那么多外语，才有行万里路的必要。然后，反过来，行万里路又迫使自己读更多的书。读书拓宽视野，应该对人生理解得更为透彻，感觉比别人多活了几辈子。

（原载：《辽宁日报》，2017年11月27日，第5版）

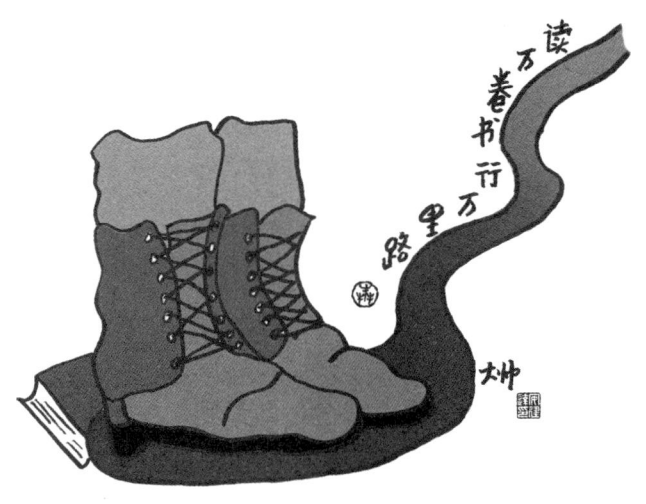

行万里路

安建达 / 绘

我这30年

——一个图书馆员的心路历程：发表后的感想

写了三个月，周末定稿，昨天杂志编辑觉得不错，就提前在各种自媒体里发布了，今天看到知网学术期刊也优先发表，下载地址如下：

http://kns.cnki.net/kcms/detail/44.1306.G2.20180129.1431.002.html

（当然一定要是知网的订户才能下载的）

印刷版大概要等到5月才能在《图书馆论坛》发表。

这文章实际上基于前三个月的一篇博客，有感而发，在编辑的鼓励下，逐渐修改完善而成。也可以说是与编辑互动共同努力的结果，一些文字在编辑的修改下显得更优美了。

在寻找配图的时候，也是自己回望过去的一次机会，感慨万分。特别是1994年一群单身宿舍老朋友在我家的聚会，那合影中的年轻朋友，都成了栋梁之材，沈老先生也一直精神矍铄。

这文章倒是发得应景，不久的员工大会，将颁发30

周年纪念证书。

感谢编辑！感谢那么多领导、前辈、朋友对我的关心！

（2018 年 1 月 31 日）

尚祥在图书馆的"书虫"读者

书虫读者

安建达 / 绘

图书馆管理、业务、科研之间关系琐谈

图书馆工作与图书馆学研究不同，实践性很强。没有学问不行，只有学问也不行。于是，大家对管理人员的要求很高，希望业务部门的干部都懂业务。而图书馆员晋升的渠道，是"副研究馆员"和"研究馆员"，大家对于"研究"的看法就百花齐放了。

业务和管理之争

什么叫懂业务？这里也有争议。如何懂业务？更有争议。是否要亲自做业务？还是有争议。

正方认为，如果不懂业务，不可能做好业务管理工作。业务管理人员站位高，有一些问题具体工作人员看不到，或者没有长远眼光。

反方认为，做了管理工作，就对业务工作生疏了。如果经常做具体业务，会干扰具体业务，或者会在管理工作方面做不到位。

老一代的图书馆员，都一直告诫我，要在做管理工作的同时，不能脱离业务，我也是一直这样严格要求自己的。所以，我担任那么长时间的业务管理工作，从来没有脱离过业务。而且，从我的经验来说，为业务开拓发挥了很好的作用。

业务和管理的结合

在 Aleph500 系统引进的时候，我亲自参加选型工作，于是我对业务细节了如指掌，发现了一些别人不知道的功能，例如书目数据的标目字段批处理的功能，我首先发现以后，就做了不少尝试，修改了著名作者的标目，短时间内纠正了数据中的明显问题。后来，数据修改和完善工作，我也根据类似的方法做了设计，使原来觉得不可能的事情成为现实。

又如，过去日文数据没有采用 Z39.50 协议下载，大家都不知道如何操作，还以为是光盘套录的模式。我根据自己对系统的熟悉知识，去兄弟图书馆考察，也咨询了国外机构，最后得到解决，成为日常工作的一个部分。

到了数据回溯的时候，领导说要在几年内完成所有几百万条外文数据的回溯工作，大家都觉得不可能，而且还有习惯性思维方式，想自己做，不放心别人做。如果按过去的思路，100 年以后都做不完，到那时候我们都不在了，也不知道是否还有经费呢。时间不等人，我们要只争朝夕，就用特殊的办法，设法外包处理。于是，我们就在 5—6 年内初步完成了大语种的回溯工作，在 10 年内完成了所有语种的回溯工作。

宏观管理和微观业务

关于具体业务工作，也涉及宏观与微观之间的结合问题。例如，做编目时间久了，就会只关注具体字段的选取，熟记字段和子字段的标记，有时候却忘记了这个字段是做什么用的，设计这个字段的目的是什么，无休止地"精益求精"，自我欣赏。有一些字段是个技术人员用的，有一些字段是给编目员用的，有一些字段是给读者用的。不搞清楚这些区别，也很难满足用户需求。

业务细节究竟谁来负责？这个事情各个层面都出现过问题。Aleph500 系统升级的时候，因为技术部门跳过了部门层面，直接让科组反馈意见，于是若干年后就发现了问题，索引字段忽略了首冠词，只好回头重新索引。有意思的是，纠正索引问题也需要报文，相关部门为了怕承担责任，要求我把说明之前出问题的文字内容删除，让我也觉得很无奈。

涉及业务报文，有时候相关会签部门会问我这个项目具体负责人是谁，他们好直接联系。对于有一些问题，我就说直接找我。对方貌似觉得很奇怪，为什么找主任呢？有时候，对方的具体负责人觉得也不好意思和其他部门的主任沟通，或者有一些推诿的话也不方便和主任说。因为我对业务总体设计熟悉，就亲自处理，解释清楚了，才能解决问题。

业务管理干部，有机会去国内外各个图书馆交流，自然见识要广一些，站位要高一些。如果懂业务，就能更准确地把握方向，更迅速地解决问题，这十分重要。

亲力亲为和抓大放小

总的来说，业务干部要熟悉业务，要亲自做业务，才能有说服力，才能一竿子插到底，才能进行合理可行的宏观设计。不过也有不同的观点，各种理由，就不多分析了。当然，做管理者精力有限，不可能什么都亲力亲为，难就难在把握火候。一般来说，开拓性的工作需要亲力亲为，而已经成为日常工作一部分的，就让大家按规则操作即可。

新出台的《公共图书馆法》，第十九条"政府设立的公共图书馆馆长应当具备相应的文化水平、专业知识和组织管理能力。"有人问我这条如何解释，我觉得也是公说公有理，婆说婆有理。这个问题过去争论过，没有结果，以后恐怕也不会有明确的结果。

实际上，业务和管理"双肩挑"的干部不容易培养，干部自己也比较辛苦。记得 1990 年代，"双肩挑"的干部还有津贴，因为那时候懂业务的管理干部确实少，现在想都别想了。甚至业务岗位工资和行政岗位工资"就高不就低"的做法，也有不少人提意见的。也是因为，纯粹做行政工作，如果要走好，也很辛苦的。世界上任何事情，只要做好，都没有轻松的。

业余科研工作

在图书馆里，曾经是没有科研工作，也没有形成科研的风气。1980 年代，邵文杰等老一辈图书馆员，在业余工作之余，写了一些文章，引起关注，改变了人们对图书馆员的看法，图书馆员不应只会采访和编目，图书馆是值得动脑筋的地方。任继愈等学者提倡学术研究，随后国家图书馆风气逐渐改变。现在，博士硕士一大堆，研究馆员的数量比过去的十倍都多，学术研究不是问题了。

我刚到馆时国家图书馆科研风气不强。别说都要有学术成果，就算你在大家喝茶聊天时写点东西，别人都会说你利用工作时间干私事，对你有意见。我的前辈一直是榜样，我养成了工作之余从事科研的习惯，也出了不少成果。

在图书馆基础业务部门里做科研，与在研究所、大学里不一样，因为科研工作虽然重要，但不是主业，所以不可能有大块的时间可以利用。只能自己利用业余时间，学会管理时间，零敲碎打，把可以利用的时间都用上。

科研工作的意义

所谓科研，主要有两种做法。一种是纯粹的做学术研究，与现实图书馆业务完全无关。另一是研究图书馆实际问题，看上去"学术性"不很强，但是却解决了图书馆发展中的重大问题。当然，还有一种研究，是为了评职称，写一些与自己业务工作无关，自己也不甚了了，杂志社凑合录用的文章。如果说是"学术垃圾"有点过分，但也经不起时间考验。

从图书馆界的学术期刊来看，不少期刊编辑为了追求引用率，喜欢找大牌写大文章。这对于图书馆的宏观发展有一定的意义，但是大多数不能解决实际问题。我个人提倡员工多做研究，鼓励大家做科研，为的是培养大家思考的能力，也为了大家今后有所进步。开始写的都是比较幼稚的文章，一定不能自满，不断反思，不断改进，久而久之，就成为学术大家。

另类的科研

在图书馆的历史上，出过不少学术名家，他们有一些不做图书馆的研究，而是专攻某个领域，却能做好本职工作。例如，我们有过哲学家、翻译家、作家等等。改革开放以后，刚恢复职称工作，就有不少争议。记得80年代末到90年代初的国家图书馆，有写小说就评上副高的，有做哲学研究成为专家的。

我认为，争论的背后的焦点，就是图书馆需要什么样的人，他们为图书馆作出过什么样的贡献，我们希望以后图书馆员成为什么样的人。

大家都认为图书馆是天堂，是读书的好地方。但事实上，图书馆员工作很忙，很少有闲暇读书。而且，图书馆员爱好读书的貌似也不是多数。在全民阅读日益成为风尚的今天，图书馆员应该找到自己的位置，有所作为。有专家说得好，图书馆员应该都成为书评家，那自己本身就必须热爱读书，善于写作。从这个角度来说，写书评，不也是一种"科研"吗？

做实践工作的图书馆员，写不出东西，但能熟知世界各国的出版社，也是本事，能熟练修补善本书，也是本事。如果说一个图书馆员，工作不认真做，只是专心写书，那就不是一个好馆员。

＊　　＊　　＊　　＊

说到最后，还是老话，图书馆员是一个高不成低不就的职业。就是说，水平再高的人都有用武之地，而水平低的人也干不好。为什么总有人忽视图书馆工作呢？是因为图书馆工作做差了，短时间内看不出毛病，等发现问题，要改就难了。图书馆采编如此，典藏阅览亦如此。图书馆业务管理干部，要兼顾业务、管理、科研，确实不是一件轻松的事情，也不是容易达到的。不仅需要培养自己的能力，还需要经受各种压力。不懂业务，别人会指责；做业务太多，别人也会批评。自己明确发展的方向，领导心中有是非，业务管理干部才会迅速成长起来。

（2018 年 1 月 21 日）

从怀旧自恋照联想到图书馆的名称

    找到一张照片，1987年10月1日于新落成的北京图书馆。我母亲看到我的照片后数落了我一通，意思是不应该穿这么难看的风衣照相。其实我当时是想穿第一件工作服留念的。这不是风衣，是工作服。回头看来还真是历史啊！

    那时还叫"北京图书馆"。事实上就是"国家图书馆"，有人提出更名，但是王蒙部长说，还是老字号吃香，于是就保留了过去的名称。没有想到，十年以后，因为形势变化，最后还是更名为"中国国家图书馆"了。

    北京图书馆时期的英文名字是"The National Library of China"，老领导胡沙先生还很看重这个冠词"The"。更名为"中国国家图书馆"后，大家经过细致调研，为了与国际接轨，就在名称里去除了冠词"The"，成为"National Library of China"。没有想到，这个举动，引起了胡沙先生的强烈反对。不知道有关部门后来是如何说通他的，也许根本也没有说通，他带着不满离开了我们。

（2018年2月9日）

其　他

英文翻译琐谈

　　前天读《文汇报》，有人批评"朗读者"的英文翻译，不应该是"The Reader"。我对那篇文章和那个活动不作评价，只是联想起自己身边的事情了。

　　因为我是做外语工作的，而且经常做一些翻译，所以单位遇到什么外语的事情就会有人找我。

　　例如有阅览室新开张，要做英文标牌，着急，第二天就要挂出来。别人找我，我说我不行，标牌的事情需要斟酌，而且还不能符合领导的心意。可是别人不这样看，他们说，那么着急的事情，别人都不愿意帮忙，你帮一下吧。可是，我帮忙的结果，就是有人指手画脚，理由当然也很充分："这个标牌和我在国外看到的不一样""这个翻译太简单了，为什么没有逐字翻译？"等等。其实，即使不是翻译，而是写中文，也会各人有自己的看法，更何况是外语呢，大家都不很懂，而且都懂一些，还都会查词典。可惜词典有时候也会错的，或者是没有专业名词的解释；国外见过的情况也有很多——有英国的、美国的、澳大利亚的、加拿大的；我们可以直译，也可以意译。

有时候，领导坚持要直译，翻译出来很长，根本不适合作为标识，例如"外文科技图书第一阅览室""国际组织与外国政府出版物阅览室"……

有时候涉及历史上的名称，需要查档案，可是时间不允许，只能将就着翻译。

一些通用的标志，例如"读者止步"，可以翻译成"Staff Only"，可是大家还是用"Stop"，看上去很生硬。至于标点符号、大小写、空格、半角和全角等细节，就更不讲究了。

后来，再有人找我，我就死也不做了。翻译这事情，除非是神仙，都是吃力不讨好的事情，不做也罢。

那是10多年前的事情，图书馆里专业外语毕业的不多，找我的人比较多。现在学外语的多了，可是貌似还是没有具体负责的人。好在外包的 VI 公司看上去更专业一些，问题比过去少。

我走过台湾地区，还有日本和韩国，人家对标识的翻译更为重视。去那些地方，出于职业习惯，总要看一下英文，好像没有什么错误的。

1998 年"北京图书馆"改名"国家图书馆"，原来英文名称"The National Library of China" 就是"中国国家图书馆"的意思，现在中外文名称一致了。经过反复征求意见，英文名称去除了冠词"The"，成为"National Library of China"，这事情也引起了轩然大波，被老领导认为是丢人。我就不再评说了。

（2017 年 3 月 25 日）

书蠹精与海上奇侠 ［转载］

读到海豚出版社社长俞晓群的公众号，很觉得突然，也很不好意思。

关于诺贝尔与孔子的关系，我在多年前写了一篇文章有所提及，于是成为大家争论的焦点。有好事者多次到我办公室找我，希望我继续弄清真相，于是我设法搞到了《堪培拉时报》，作了说明。那个胡祖尧老先生，好久不见了。

我去过澳大利亚两次，第一次还在那里住了半年。不过这个文献不是我去的时候弄到的，网上说的不完全符合事实，也无大碍。

因为过去学数学的缘故，喜欢优化自己的时间，所以能在出差、出国的同时，做一些意想不到的事情，很有成就感。

俞晓群先生学数学和哲学，后来做出版；我学数学，爱好哲学，现在做图书馆。我们俩可以说是殊途同归。不过，俞晓群先生在这三个领域内的工作，都超过我，我不得不佩服。

本人喜欢各种语言，这辈子基本上靠语言谋生，不过谈不上精通了。不知道音乐算不算语言，起码乐谱和文字一样是表达思想记号吧。

原文：书蠹精与海上奇侠

作者：俞晓群

他们是中学同学，上海人，一位叫顾犇，网名"书蠹精"；另一位叫简平，我私下称他"海上奇侠"。

顾犇是大才子，复旦数学系出身，精通英、德、法、意多种语言，喜爱音乐，曾译《简明牛津音乐史》。他说早年沈昌文、陆灏主持《万象》时，沈公曾约他聚谈。

我二〇〇九年来到北京，在中国外文局海豚出版社工作，在研读"国际汉学"时，读到一段轰动一时的故事，其中重要部分与顾犇联系起来：

一九八八年一月二十四日，澳大利亚《堪培拉时报》发表一篇发自巴黎的文章《诺贝尔奖获得者说要汲取孔子的智慧》，作者帕特里克·曼海姆写道：

"上周在巴黎召开的'面向二十一世纪'第一届诺贝尔奖获得者国际大会上，一批国际著名学者和诺贝尔奖得主探讨二十一世纪科学发展与人类面临的问题。在新闻发布会上，汉内斯·阿尔文博士发表了非常精彩的演说。他是一九七〇年获得诺贝尔物理学奖的瑞典科学家，他在等离子物理学研究领域的辉煌生涯即将结束时，得出如下结论：'人类要生存下去，就必须回到二千五百年前，去汲取孔子的智慧。'"

由于会议保密，会议纪要没有公开发表，所以此后许多年，人们都怀疑这段话的真实性，中国人的争议尤甚。但在一九九七年四月十日，美国《纽约书评》双周刊上引用了这句话。中国国家图书馆图书采选编目部副主任顾犇研究员经过多年调查之后，确认这次会议的存在，并且在访问澳大利亚时，经过多方联系找到《堪培拉时报》当年的原文。

当时我正在写文章《西方人如何看待孔子》，为此我对顾犇产生较深的印象。二〇一一年我在北京韬奋中心为沈公祝寿，他在微博上留言申请参加，此后我们交往日深。顾犇为人文雅平和，礼节周到，是一位谦谦君子。他的著作《书人乐缘》用语谦逊、简洁，文如其人。我曾问他上面故事的真实性，他只是微笑着点点头。

二〇一四年二月，顾犇与他的中学同学简平来到我办公室。简平瘦弱俊秀，白面书生。他名气很大，我最初觉得他只是儿童文学作家，其实他还写小说、剧本、散文、报告文学和学术文章，还在做上海电视台导演，主持大型电视剧拍摄。

（2017 年 4 月 16 日）

悼念张少博士

今天看到张少的消息，简直不敢相信自己的眼睛。34岁，去世了？

张少是一个天才。有谁能把文献学、考古学、钢琴演奏、音乐指挥联想起来的？有谁能读完清华大学以后去读中央音乐学院的？大概绝无仅有。

我去过张少家里，谈起我多年前翻译过的音乐、历史类书籍，他都读过。我看到他早年买的钢琴，上面堆放着大量书籍。小小的家里，只要有墙的地方，都是书架，充满了音乐和书香，是一个纯粹的学者和音乐家。从多种角度来说，在这个世界上，这样的人都绝无仅有。

张少还是一个美食家，烧得一手好菜，我曾有机会品尝。

中央音乐学院作曲系贾国平教授，谈起他所主持的中国 ConTempo 新室内乐作曲比赛，我觉得这个名字起得很好，源于意大利语，有多重含义，例如音乐的"速度"之意，还有"与时俱进"或者"当代"的意思。贾教授说，ConTempo 的名字也是张少出的主意，与莱布尼茨的"和谐之声"相得益彰。

2016 年 6 月 29 日，张少博士在石刻艺术博物馆金石大讲堂上做讲座《寻觅湮灭六百余年的元代大护国仁王寺》，与听众分享了他在考古和文献领域的最新成果。因为时间关系，我只听了半场。

2017 年 5 月 23 日，北京现代音乐节，他指挥张小夫作品音乐会，我失之交臂。最近太忙，很少有时间去听音乐。这是他最后一次上台演出，我也只能终生遗憾了。他事后告诉我，排练时间只有一天，这是中国音乐界的通病，所以压力很大。

朋友介绍病因："简要情况是，三天前张少参加中央音乐学院交响乐团的一个考试，中午突感不适，但还是坚持参加了下午考试，之后不能再坚持，送到附近的二炮医院，没有缓解。后又转至阜外医院检查，发现心包膜撕裂。此前有多年的高血压，但从未发生过心脏问题。""从阜外医院送到北京大学人民医院才确诊为主动脉夹层。"

天妒英才！张少一路走好，去天国追寻自己的梦想吧！

（2017 年 6 月 3 日）

一毛的印章

昨天最高兴的事情，是收到一毛兄给我寄的印章，两枚，分别是我的大名和笔名。

一毛兄虽然不和我同学，但是碰巧在大学里与我有一年时间的交集，朝夕相处。他在毕业的时候给我刻了一个石头章，两边分别是藏书印和笔名，四周都有边款，描写了他的心得、我的性格、镌刻日期等。根据边款判断，那是在 1985 年，距现在有 30 多年了。

当时我还没有用过"三牛"作为笔名，大家随口这样叫我，我也没有反对。后来，写文章需要，我偶尔也用"三牛"这个笔名，出现次数不很多。倒是朋友和同事们，自然而然地会叫我"三牛"，没有任何理由，我也没有告诉过他们我曾经的笔名。

最近因为签名售书需要，我大量用了那时候的章，一毛兄看到后，觉得"老底子"的图章太不像样子了，图章应该有尺度，一般和签名的字差不多大，或者略小一些才对。于是乎，他立即给我刻了新的章，以后我就可以用上了。

谈起过去的印章，他认为年轻时候太幼稚，不值得一提。我是恋旧之人，不管他如何谦虚，还是请人拓印了图章的四周，回赠留念。

他还提到，周克希、毛尖、小白、子善老师等，都用他的图章。我虽然与他们没有来往，但也是朋友间经常谈到的人物。得知一毛兄与他们有来往，更增添一份亲切感。

一毛兄目前还在学校教书，喜欢刻章，也喜欢摄影。看他那不修边幅的样子，如果在体制内工作，即使他不惹别人，也会有人找他麻烦的。

那么多年都没有再见过，是他通过微博找到了我，我加了好友，可是一直不知道他到底是谁，真是不好意思！

微信虽然是非多，但也使得无法相见的朋友们以虚拟的方式交往。

感谢一毛兄！

（2017年6月28日）

自恋不犯法

今天看到上海苡米苡米的微博："读 @ 书蠹精　老师的《书人乐缘》。'读书是个人的爱好，为兴趣的非功利性读书是读书的最高境界，但也是有代价的——牺牲功利性研究的时间，牺牲升官发财的机会，牺牲其他形式的娱乐。如果没有实力，读书的代价很高的。'说得真好啊！"

我的书都是有感而发，文字不算优美，但也不空洞。能有知音，我也感到很高兴。微博显示他在上海杨浦区，而图书则是宝山区图书馆的藏书。

下午休息时间走出办公室，偶遇几个来参加培训的同行，其中一个女士还提到我在书里说的，我到一个图书馆就查自己的书。于是，她还帮我查了在他们图书馆中的馆藏，并盖章证明了。我听了非常感动，但也很不好意思。我怕别人以为我是自恋狂呢。其实，我到一个图书馆就想看看他们馆藏如何，而第一个想起来的就是自己的名字。而且，我的书涉及多个领域，可以知道他们在这几个领域里是否都重视。我的名字比较特别，也可以考验他们的图书馆系统是否兼容。

　　每天就是要从日程表中做减法。就怕刚减了一个又来了三个。上周刚完成一篇理论加数学的英文文章的评审，这些天又来了三篇文章，让人欲哭无泪啊！

　　人生就这样，苦海无边！

　　自恋不犯法，也是一种解脱。

（2017 年 7 月 7 日）

音乐会礼仪、创新和自掘坟墓

《国家大剧院》杂志，2017 年 7 月刊，张佳林的文章"听众秩序还需平和看待"，观点中肯、平和、有理、有节。改革开放几十年了，不能再以当时那种态度来要求观众，而且观众也不一定会理会你那一套。一次我听管风琴音乐会，一个老人带小孩，任其随意走动，无人管教，严重影响了我欣赏音乐，但也很无奈。

过去的艺术形式比较单一，不少人故弄风雅。现在的观众，并不以敬畏之心来看待高雅艺术，所以我们也要放平和心。经济基础与上层建筑密切相关，我们连交通都没有那么舒适，怎么去要求观众穿着整洁，举止优雅呢？音乐会听众秩序，还需要时间，不能着急，不能责怪。

现在都讲究创新，但也应该拒绝跟风。"共享单车"出来，就已经够热闹了。在给我们带来便利的同时，也带来不少烦恼，例如地铁口都排满了自行车，影响行人走路。我其实也很担心，那么多共享单车的公司，是否都能坚持到最后？

前几天，突然冒出了"共享床铺"的概念。我一开始就觉得不可行，不用身份证登记，公安局会同意？果然就被查封了，而且据说也不隔音，不利于大家休息，倒是很适合作为一夜情的场所。

还有"共享书店"的概念，貌似是图书馆啊，这不该是书店做的事情。

现在时兴跨界，但也得有个度。如果说，图书馆都成音乐厅了，图书馆还是不是图书馆呢？我只是举例，不过类似事情在图书馆不少见呢。图书馆不做好自己的本职工作，都跟风创新，最后不一定能竞争得过别人那个行业里的大拿，而自己本来应该做的事情却被忽视了，这是自掘坟墓的事情。

自掘坟墓的说法虽然有点刺耳，但也是现实，已经在不少方面显现了出来。

（2017 年 7 月 19 日）

梦境里的求学之路

读书的记忆非常深刻，时常会在梦境中出现。

在职读书时候的忙碌和大学读书时候的宿舍场景，总会交织在一起：

上班以后，总是忘记上英语课，临时去找班长要课程表，临时找教室，找到教室以后又没有座位了。

其他课都修完了，就是英语课总也没有时间去上，不能毕业。

去教室上课，总是搞不清楚在哪个楼，每次都要问路，而且知道哪个楼也不知道楼梯怎么走，总要费很多周折，到最后时间都来不及了。

有时候在家住，一大早去上学，自行车不是找不到，就是坏了。骑车一个小时的路程，到最后也总是迟到，找不到好的座位。

有时候没有自行车，想打车，可是整条街就是没有车，于是就步行半个多小时，才到有车的地方。

明明到了教学楼，可是总也找不到入口，门口的各种活动，阻止了我进入。进楼以后，各种复杂的楼梯设计，甚至要先上楼到另一侧楼梯口再下楼，也不让我一下子进入所需要的楼层。

到了宿舍，有时候床铺被人占了，有时候餐具被人用了。

甚至毕业一年以后，我都忘记把宿舍里的东西取走，被人到处挪动。

那都是 20 年前的事情，为什么一直萦绕在我的梦境中？读书是刻骨铭心的记忆吗？抑或是有其他什么象征的意义？

过去读过弗洛依德的书，看来需要重温一下了。

（2017 年 9 月 3 日）

整理互联网资源

安建达 / 绘

信息时代的得与失

　　信息时代的来临，彻底改变了我们的生活。在 20 年前，我们其实还不太理解信息时代的真正意义。有人提出了"信息高速公路"和"信息经济"的概念，认为就像农业经济、工业经济、服务经济一样，成为一种新的经济形态，人们以此为生。当时的研究颇多，估计大家都没有完全预测到 20 年以后会是这个样子——一部手机就可以做所有的事情，而且也有一大批人靠信息吃饭，现在终于体会到了。回到更远的 30 年前，我们甚至都不理解编软件会挣钱。

　　信息改变了我们。记得我们小时候，想要明星的照片，要去商店购买，而且价格也不便宜。男女同学谈恋爱，偷偷递条子，索取电话号码，珍藏对方的照片。现在大家都有手机号码，都可以加微信，沟通更直接了，而且照片漫天飞，在自己手机里保存心仪对象的图片也不是什么特别难的事情。

　　手机可以缩短人们之间的距离。过去那么多同学和朋友，天各一方，无法见面，也就断了联系。即使找到地址，也没有时间见面，现在手机都可以解决问题。

信息时代的更多好处，我不再重复了，大家都有体会，也有不少研究成果。

信息时代，也给我们带来了很多问题。例如，我们看到的信息很多，其实不少是垃圾。我在 20 年前就写过有关信息过载的文章，到现在这个问题更为严重了。我们每天看那么多微信的消息，到底有什么用？里面有多少是真实的呢？即使是真实的，有多少信息对我们有用的呢？我们的生活和工作，需要知道那么多事情吗？难道我们每天花那么多时间，就是为了了解与我们无关的事情吗？难道就是为了向别人传播"好玩"的事情，获得别人的点赞吗？

因为手机功能太多，大家沉迷于游戏，沉迷于聊天。导致视力下降，工作效率降低，精神恍惚，注意力不集中，满足于碎片化阅读。

现在，认识一个新朋友，都不给手机号，倒是都加微信。参加活动，有时候领导干部或者著名演艺界人士就比较矜持，不一定给你电话。也有名人很随和，主动加你微信，后来一次都没有联系过，形同虚设。即使加了微信，也不随便参加各种群的聊天，比较另类。

微信虽然好，也是一个很有是非的地方。我在另一篇访谈里提到过，这里就不重复了。

这个周末，是过年前最后一个周末，也只有一天的时间，主要是购物和打扫。家里自行车钥匙找不到，于是就用共享单车。出去时候我的苹果手机还有 30% 的电池，感觉足够使用了。出门以后，发现天冷，有风。等我买完东西，手机就失灵了，自动关机。苹果手机大多数都有这个问题，天冷就电池失灵。没有办法，安步当车，走到公交车站，乘车回来。在室温下一个小时以后，手机又恢复工作。看来，我们也要适应没有手机的生活了。

我现在逐渐控制自己的手机使用，恢复手机的本来功能。手机半天开一次网络，也不费电，可以待机三天。如果一直开网络，一天也不太够用。

在信息高度发达的今天，我们也该认真考虑一下信息的问题了。

多读书，多听音乐，大概比多看手机好很多。

（2018 年 2 月 11 日）

书迷的困惑

人总得有一些爱好的，爱好到一定的程度，就痴迷了。最普遍的大概是乐迷、球迷、影迷等。

对于乐迷，有人花钱听音乐会，甚至追星，偶像走到哪里就跟到哪里；或者购买乐器，自己娱乐，与专业演员比试。虽然有一些人不理解，但是也没有人认为是精神有问题。我曾经在音乐会遇到一个老年女乐迷，从我手中获得退票，她说每年花几万元钱听音乐会，如果太晚不便回家还要住宾馆。每年几万元，那一定是家境非常之好，或者爱好非常之深。

对于球迷，只要有比赛，就会看现场，或者熬夜看电视，几近疯癫。高级的球迷，甚至跨国追星，顺便旅游，并购买衍生产品，以此为荣，也交了朋友。当然，也有不少球迷自己本身就热爱运动，有亲身体验，更能理解其中的奥妙，津津乐道。人多也就不怪了。

还有影迷，一种是喜欢看各种电影，或者是喜欢看某种特定类型的电影，然后收集各种相关的信息；或者就是喜欢某个影星，和音乐会的追星类似。我二舅年轻时候是影迷，各种海报、图片、画报，足以建一个私人博物馆。老了以后就写书，介绍民国时期的老影星，也是乐趣。

书迷也是一种类型的痴迷，貌似大家都不太理解，甚至于做出版或者图书馆的人，也不会很理解。整天读书，不升官，不发财，觉得无用。除非是藏书家，有不少珍宝，会被人推崇；或者是大学问家，藏书与学位相得益彰。

节日期间，大清早去读书，大概理解的人更少了。

是读书人错了？还是我们大家都错了？

（2018 年 3 月 19 日）